FG 28/8/98

d'aujourd'hui

étranger

collection dirigée par
Jane Sctrick

LES LOCATAIRES DE L'ÉTÉ

CHARLES SIMMONS

LES LOCATAIRES DE L'ÉTÉ

roman

Traduit de l'anglais par
ÉRIC CHÉDAILLE

PHÉBUS

OUVRAGE PUBLIÉ SUR LES CONSEILS DE
TERESKA TORRÈS-LEVIN

AVEC LE CONCOURS DU
CENTRE NATIONAL DU LIVRE

Illustration de couverture :
Edward Hopper, *Rooms by the Sea* (détail)

Titre original de l'ouvrage en anglais :
Salt Water

– Donc, messieurs, nous sommes bien d'accord, dit-il en s'enfonçant dans son fauteuil et en allumant un cigare. Chacun de nous va raconter l'histoire de son premier amour. A vous de commencer, Serge Nicolaïévitch.

IVAN TOURGUENIEV, *Premier amour*, 1860.

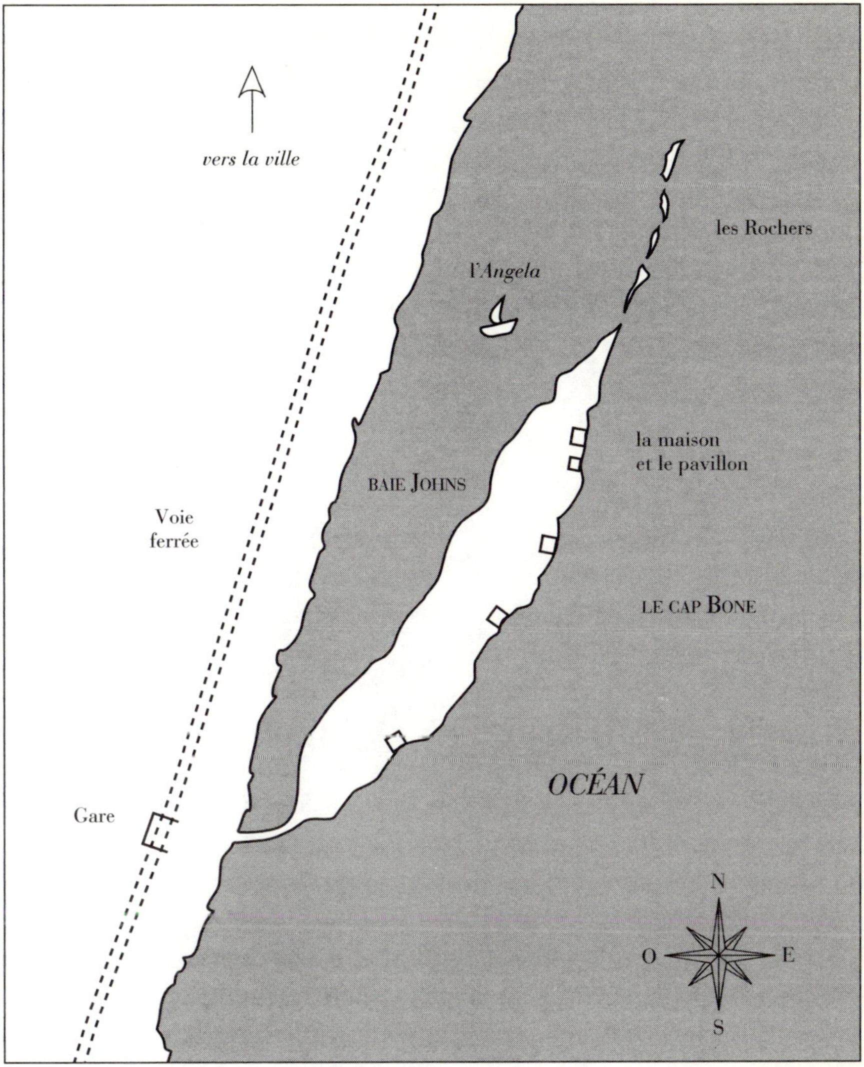

Les lieux de l'histoire

I

LE BANC DE SABLE

C'est pendant l'été de 1968 que je tombai amoureux et que mon père se noya.

Une semaine durant, alors que juin tirait à sa fin, un banc de sable se forma à un mille au large. Il n'était pas visible, mais des brisants indiquaient sa présence. Chaque jour, on s'attendait à le voir émerger à marée basse. Jamais pareil banc ne s'était constitué aussi loin en mer et l'on se demandait s'il allait tenir. S'il restait en place, les eaux bordant la plage seraient plus calmes et nous pourrions amener notre bateau, l'*Angela*, en face de la maison au lieu de le laisser au mouillage dans la baie Johns, de l'autre côté du cap Bonc. Question baignade, bien sûr, ce ne serait plus la même chose, et c'en serait fini des parties de ricochets dans le ressac.

Mon père et moi sortions pêcher le maquereau, l'églefin, le bar, la truite de mer. C'était le bar qui bataillait le plus et qui avait la chair la plus délectable.

Nous prenions aussi pas mal de roussettes. Ce fretin dépourvu d'intérêt, nous le rejetions à l'eau. De temps en temps, nous pêchions le requin, le vrai, avec un gros hameçon, trop lourd pour le lancer. On y accrochait un filet de maquereau. Je l'emportais à la nage pour l'écarter du bateau et le laissais descendre au fond. Je procédais de la sorte même lorsque j'étais tout gosse, sauf qu'à l'époque je me laissais dériver sur ma chambre à air et que papa me ramenait à l'aide d'une corde. Cela n'était pas du goût de maman, même si je ne le faisais que par mer calme. Une fois, nous avons pris un requin-marteau d'une centaine de livres, et c'était bien le poisson le plus étrange que j'eusse jamais vu. Il avait la tête en forme de mailloche, avec un œil à chaque bout. Plusieurs personnes nous assurèrent que c'était un mangeur d'hommes, mais mon père était de l'avis contraire.

Nous prenions aussi des raies pastenagues. Si papa en avait une au bout de sa ligne et que je fusse à la maison, il m'appelait à grands cris et j'arrivais en vitesse avec le harpon. La pastenague est un poisson large et plat; quand on le ferre près du bord, en eau peu profonde, il lui arrive de se plaquer sur le fond à la manière d'une ventouse et pas moyen de le remonter. Il faut alors entrer dans l'eau en cuissardes et le percer avec la foëne de sorte que l'eau, en le traversant, supprime l'effet de succion. Nous en prîmes de cinq pieds d'envergure. Avant de harponner une telle raie, il faut poser le pied sur sa queue, armée d'un dard et qui bat furieusement, et la lui trancher. Il y a des coins où on les mange, mais pas chez nous.

Ce n'était jamais moi qui entrais dans l'eau avec le harpon : mon père ne voulait pas. Il y allait et moi je tenais la ligne. Une fois, après que papa lui eut sectionné la queue et transpercé le corps, la raie a décollé avec la foëne et le reste, et m'a fait passer par-dessus bord. Le moulinet était verrouillé. Toujours agrippé à la canne, j'avais été entraîné jusqu'à l'endroit où se tenait mon père. Il m'a arraché la canne des mains et, quand nous avons fini par ramener la raie, elle était plus morte que vive. Une fois décrochée, elle resta à flotter à la surface.

– Imagine que je n'aie pas été là, dit mon père : tu pensais peut-être tenir jusqu'à la saint-glinglin ?

– Parfaitement que oui, lui rétorquai-je.

Il m'ébouriffa les cheveux.

C'était l'été de mes sept ans.

Le cap Bone n'était pas un endroit comme les autres. Pendant la Première Guerre mondiale, puis pendant la suivante, il avait été annexé par l'armée. Ensuite de quoi il avait été classé réserve naturelle. En 1946, il ne comptait que fort peu d'habitations. L'arrangement avec les autorités prévoyait que leurs propriétaires pourraient en jouir pendant une durée de quarante-cinq ans, soit jusqu'en 1991 ; il était en revanche interdit d'y bâtir. Mes parents prirent possession de la maison en 1952, année de ma naissance et du décès de mon grand-père maternel. Il l'avait construite au début des années trente, et c'est là que ma mère passa les étés de son enfance.

Comme moi, elle était enfant unique. Elle soutenait que cette maison, trois fois trop grande pour elle et ses parents, l'était tout autant aujourd'hui pour nous. Ma mère était du genre à se plaindre. Non, cette maison n'était pas trop grande. Je raffolais de tant d'espace et de lumière. Le rez-de-chaussée était percé de fenêtres et de portes vitrées, et une galerie en faisait tout le tour. Maman disait que son père goûtait lui aussi cette lumière. Elle répétait souvent que je le lui rappelais, ce qui me faisait plaisir car elle l'avait beaucoup aimé. Mais je me voyais plus ressembler à mon propre père, même si je n'étais pas d'accord avec lui sur bien des choses.

L'ensemble du mobilier datait du temps du grand-père et il était du genre monumental. Ainsi, il y avait un canapé en osier sur lequel, mon père s'allongeant à un bout et moi à l'autre, nos mollets seuls se chevauchaient. Ma chambre était assez vaste pour contenir mon lit à deux places et, de plus, laisser suffisamment d'espace pour évoluer autour. Blackheart, mon chien, dormait toujours avec moi et jamais nous ne nous gênions. Chaque année, quand septembre arrivait et que nous retrouvions notre appartement, où mon lit était de dimensions plus modestes, c'était la même période de réadaptation.

Même si, au bout d'une semaine, le banc de sable n'était toujours pas visible à proprement parler, sa présence se faisait chaque jour plus manifeste. Désormais, les vagues y brisaient entièrement.

– On pousse jusque là-bas ? proposa mon père.

A croire qu'il lisait mes pensées.

– C'est marée basse, ajouta-t-il. On pourra faire une pause sur le sable. Au retour, le courant de flot nous portera. Ça te dit ?

Nous étions tous les deux bons nageurs. Lui pratiquait généralement le crawl. Moi, je préférais nager sur le dos, ce qui est plus lent mais aussi moins fatigant, et puis j'aimais bien contempler le ciel tout en battant des bras. Le corps dans l'eau et la tête dans les nuages, est-il rien de meilleur ? Toutes les fois que nous nagions ensemble, mon père prenait de l'avance, puis il se retournait, plongeait, restait un moment sous l'eau, remontait et s'ébattait ainsi le temps que j'arrive à sa hauteur. Une vraie tortue de mer.

Il n'aurait pas dû folâtrer de la sorte cette fois-là. Nous avions un demi-mille à parcourir en direction du large et il était en train de gaspiller ses forces. Au bout de deux cents yards, je vis que nous avions fait une erreur d'appréciation. Nous allions bien trop vite. Contrairement à ce que mon père avait dit, ce n'était pas encore l'étale de basse mer. Le jusant n'était pas terminé et le courant nous entraînait vers le banc de sable. La marée retardait chaque jour d'une heure. Il était midi ; or je me souvenais que, la veille, la mer était basse à midi pile. Aujourd'hui, il se passerait encore une heure avant qu'elle fût étale. Je le dis à mon père.

– Ce n'est pas grave. On n'aura qu'à attendre sur le banc de sable avant de revenir.

Il ne paraissait pas inquiet. Néanmoins, il avait cessé de batifoler.

Arrivés sur le banc, nous découvrîmes que l'endroit était plus profond que nous ne l'avions supposé. Papa avait tout juste pied, moi pas. Il essaya de me tenir par la main pour m'éviter d'être entraîné vers le large, mais le courant l'emportait lui aussi. J'étais obligé de nager rien que pour rester sur place.

– Pas moyen de se reposer, dit-il. Il faut rentrer. Tu ne dois pas céder à la panique. Tu m'as bien compris ?

– Je ne vais pas paniquer.

– Tu veux que je te soutienne ?

– C'est ça qui me ferait paniquer.

Nous progressions très lentement. L'idée que ce courant contraire mollissait peu à peu nous soutenait. La question était de savoir qui de lui ou de nous faiblirait le premier.

Là-bas sur la plage, des gens nous suivaient des yeux. Quand nous fûmes plus près et que je sus que c'était gagné, je me retournai sur le ventre et agitai le bras à l'intention de maman. Je bus la tasse. Blackheart était là ainsi que deux autres personnes, les occupants du pavillon et leur chien. Il nous fallut vingt-cinq minutes pour rentrer alors que l'aller n'en avait pris qu'une dizaine.

Papa et moi demeurâmes un long moment allongés sur le sable, complètement exténués. Les deux chiens venaient nous renifler pour voir si nous étions vivants. Maman me tenait la main. Elle était furieuse contre papa. Les deux locataires, qui venaient de s'installer dans le pavillon, restèrent auprès de nous. Mrs. Mertz était de l'âge de ma mère. Sa fille, Zina, même vue à l'envers, était très belle. Elle avait les cheveux châtains, les yeux marron, le teint mat et les lèvres pourpres. On les aurait dites sculptées. Elle n'arrêtait pas de serrer sa chienne dans ses bras et de la caresser, comme si c'était elle et non pas nous qui avait manqué y rester. Puis elle me toucha la joue, par simple curiosité, me sembla-t-il. Je tombai aussitôt amoureux de Zina.

Après le dîner, ce soir-là, mon père me fit signe de l'accompagner dehors. Nous descendîmes au bord de l'eau sans beaucoup parler. Sans doute voulait-il regarder la mer, ou bien encore s'éloigner de maman qui ne lui adressait pas une parole. La journée avait été radieuse et limpide. Mais le ciel s'était couvert et une brise humide et frisquette soufflait du large, levant un petit clapot.

– Durant un moment, j'ai bien cru que tu allais me planter là, dis-je.

– Jamais je ne ferais une chose pareille. Qu'est-ce qui t'a laissé penser ça ?

– Juste une idée comme ça.

– Est-ce que toi, tu m'aurais abandonné ?

– Sûrement pas.

– A la bonne heure, dit-il en me passant un bras autour des épaules.

Chaque fois qu'il faisait cela, je sentais qu'il m'aimait.

Quand nous rentrâmes, maman était en train d'allumer du feu dans la cheminée.

– Vous êtes retournés sur les lieux du crime ? dit-elle.

Sa colère était en train de retomber. Nous fîmes une partie de Monopoly. Le temps était en train de changer et, dans la nuit, un coup de nordet se leva. Il souffla trois jours durant. Quand la tempête s'apaisa, le banc de sable avait disparu.

II

LA LEÇON DE PHOTOGRAPHIE

Il fait généralement un temps frais et ensoleillé au lendemain d'un coup de nordet. Pas question d'aller s'allonger sur la plage car le sable y est toujours humide. Il est possible d'aller se baigner à condition de savoir à quoi s'en tenir. Mon père avait coutume de dire qu'après la tempête l'océan était soupe au lait. Les vagues, puissantes, brassent un sable qui va mettre deux jours à se déposer. La grève a été affouillée, de telle sorte que la pente en est très forte. On peut être fauché par une lame de fond et se faire rouler sur les graviers. Si les eaux sont peu engageantes près du bord, plus au large elles sont carrément dangereuses. Des courants s'opposent, formant des remous capables d'entraîner un nageur au fond.

Ce matin-là, assis au soleil sur la galerie, je songeais à nos locataires. Papa venait de partir à son travail. S'il avait été là, il serait sûrement allé les mettre en garde contre les dangers de la baignade. C'était à moi de le faire. Mais je demeurais là. Je n'arrivais pas à comprendre pourquoi je ne me levais pas pour prendre le chemin du pavillon. Il se dressait là-bas derrière la dune, à une trentaine de pas. Il était dix heures : elles devaient être levées. Je suppose que c'était à cause de Zina : j'éprouvais une sorte de timidité à l'idée de la voir à l'endroit.

Avoir des locataires était chose nouvelle pour nous. Nous avions loué le pavillon pour la première fois l'année précédente, aux Yemm. Mon père, dont Mr. Yemm était une relation de travail, m'avait annoncé son intention de louer le pavillon afin que maman eût un peu de compagnie pendant qu'il était en ville. Le problème était qu'en fait de compagnie Mrs. Yemm était très envahissante. Elle était toujours à traîner dans les parages. Et puis elle faisait l'empressée auprès de mon père, ce qu'il n'aimait pas trop, et ce qui agaçait maman au plus haut point.

Les Yemm avaient deux enfants : Bobby, mon aîné d'un an, et Delphine, d'un an ma cadette. Bobby m'avait appris à jouer aux échecs. Vers le milieu de l'été, je gagnais une fois sur deux et, à la fin des vacances, je le battais à tous les coups. Il faisait contre mauvaise fortune bon cœur jusqu'au jour où il envoya dinguer l'échiquier, et ce fut notre dernière partie. Cet hiver-là, j'invitai Delphine au bal de la classe de seconde. Elle me dit qu'elle pensait que sa mère avait le béguin pour mon père, et me demanda si la réciproque était vraie. Je répondis que je n'en savais rien.

– Je ne crois pas qu'ils aient fait quoi que ce soit, ajouta-t-elle.

Elle comme moi espérions qu'elle viendrait passer l'été suivant au cap, mais, le moment venu, mon père dit aux Yemm que des parents à nous voulaient le pavillon. Puis il le loua à Mrs. Mertz et à sa fille. Il m'annonça la chose quelques jours plus tôt et je lui demandai si la demoiselle était jolie.

– Tu ne vas pas être déçu, me dit-il avec ce grand sourire qu'il avait.

J'étais toujours assis sur la galerie lorsque Zina et sa chienne apparurent au sommet de la dune. Revêtue d'une sortie de bain en tissu éponge de couleur vive, elle était très belle avec ses cheveux courts, épais et brillants – une tignasse, disait papa, dans la composition de laquelle entraient beaucoup d'œufs et de beurre –, ses grands yeux marron, très graves même quand elle souriait, ses pommettes hautes et ses dents très blanches. Et puis elle avait ce regard qui vous donnait l'impression de n'être pas n'importe qui à ses yeux.

– Vous allez vous baigner ? demandai-je.

– Ça vous dit ?

– Il faut être prudent, à moins d'être très bon nageur. J'allais passer vous en parler.

– Êtes-vous tout à fait remis ? J'ai été à deux doigts de me jeter à l'eau pour aller vous porter secours.

– Il aurait fallu pour ça que vous soyez une sacrément bonne nageuse.

– Avez-vous eu peur ?

– Pas après avoir compris que nous allions nous en tirer.

– Et votre père, il a eu peur ?

– Mon père n'a jamais peur. Peut-être a-t-il eu peur pour moi. Pourquoi m'avez-vous touché la joue ?

– Vous paraissiez si jeune. Je me disais que ç'aurait été vraiment trop triste si vous vous étiez noyé. C'est quoi, votre petit nom ?

– Michael. C'était aussi celui de mon grand-père. Il est mort quand je suis né.

– Et celui de votre père ?

– Peter.

– Cela fait de vous Mikhaïl Pétrovitch.

Elle posa l'index sous mon menton et me fit présenter le visage de profil.

– Mais je vous appellerai Micha. Moi, je suis Zinaïda Alexandrovna puisque mon père se prénomme Alexander. Mais vous pouvez m'appeler Zina. Je ne suis pas bégueule. Et voici Sonya, dit-elle en désignant son setter. Elle n'a pas d'autre nom car on ignore qui fut son père. Cela ne l'empêche pas d'être une dame. Quel âge avez-vous ?

– Seize ans.

En fait, j'en avais quinze.

– Je suis une adulte et vous êtes encore mineur, mais vous êtes un mineur très prévenant et je vous traiterai en conséquence.

– Vous êtes adulte de combien ?

– J'ai vingt et un ans.

J'appris par la suite qu'elle n'en avait que vingt.

– Alors, on y va ? dit-elle.

– On y va !

Le roi n'était pas mon cousin.

Sonya se dressa sur son arrière-train et battit l'air avec ses pattes de devant. Blackheart arriva de je ne sais où en donnant de la voix. Zina lança les bras en arrière, le vent la dépouilla de sa sortie de bain et nous courûmes tous les quatre nous jeter dans les vagues. Passé les rouleaux, Zina se mit à s'ébattre en tous sens, à plonger en piqué pour remonter à toute vitesse. Elle était, comme mon père, une véritable tortue de mer. L'eau roulait sur elle comme si elle était enduite de cire.

Les deux chiens fonçaient dans les rouleaux. Blackheart bondissait, mordait la crête de la vague, se faisait rouler dans le ressac, opérait un rétablissement et repartait à l'assaut. Sonya voulait nous rejoindre, elle essayait de bondir par-dessus les eaux, mais les lames, qui brisaient sans trêve, la repoussaient invariablement. Ils continuèrent leur manège jusqu'au moment où nous sortîmes. Ils avaient le pelage plein de sable et ils avaient beau s'ébrouer vigoureusement, ils ne pouvaient s'en débarrasser. Moi, je tremblais de froid. Zina me prit par la main et m'entraîna au pas de course vers le haut de la plage. Quand nous fûmes arrivés devant le pavillon, elle m'enveloppa dans sa sortie de bain, me frictionna entièrement et me serra dans ses bras. Puis, les mains sur mes épaules, elle me déposa un baiser sur le bout du nez. Nous faisions exactement la même taille.

– Va t'abriter de l'autre côté de la maison, me dit-elle, là où il n'y a pas de vent. Je t'apporte un remontant.

– Comment ça, un remontant ?

– Tu verras bien.

Blackheart s'en repartait vers chez nous en trottinant.

– Rappelle ton chien ! Emmène-le de l'autre côté !

Le pavillon était une construction en bois que grand-père Michael avait bâtie pour en faire à la fois son atelier et un logement pour ses invités. Environ quarante pieds carrés de superficie, les murs et la couverture en bardeaux de cèdre, deux châssis de toit, des fenêtres judicieusement placées. Avaient été ajoutées par la suite une terrasse en planches et, sur l'arrière, une cabine de douche. Je me rappelle m'être dit que, lorsque je me marierais, j'y viendrais vivre avec ma femme en attendant d'avoir les moyens de nous offrir une vraie maison.

Zina revint avec un gobelet empli au quart d'un liquide incolore.

– Tiens, bois-moi ça !

C'était très fort, comme je m'y attendais.

– C'est de la vodka, dit-elle. *Vodka*, ça veut dire petite eau. Et Micha, c'est Michael.

Elle prit Blackheart sous le bras et l'emmena dans la cabine de douche pour le rincer de tout son sable.

Cela n'était pas à son goût, mais il se laissait faire. Sonya était assise à proximité, attendant son tour. Quand Zina en eut terminé avec lui, Blackheart détala sans demander son reste. Sur un simple geste de sa maîtresse, Sonya entra d'elle-même dans la cabine. Zina la lava tout en la peignant avec les doigts, puis, lui ayant rendu sa liberté, elle entra à son tour sous la douche, laissant la porte entrebâillée.

– C'est froid, oh, que c'est froid ! s'écria-t-elle. Micha, ce n'est pas pour toi. Mon peignoir, passe-moi mon peignoir !

J'ôtai la sortie de bain et la lui tendis par la porte. Elle sortit à reculons et l'enfila si prestement que, jusqu'au moment où je le vis par terre, je n'aurais su dire si elle avait conservé son maillot de bain.

A ma grande surprise, sans doute un effet de la vodka, je la frictionnai de haut en bas et la serrai brièvement dans mes bras comme elle-même me l'avait fait. J'en étais tout étonné parce que je suis plutôt quelqu'un de timide. Si je précise ce point, c'est qu'elle me dit d'un air amusé :

– Dis donc, tu n'es pas le genre timoré, toi ! Bon, à présent, tu vas me seconder dans l'exercice de ma profession.

Son appareil photo était posé sur la table de pique-nique, sous un chapeau de paille. Elle m'expliqua qu'elle faisait des études en prenant pour sujet les herbes qui croissaient derrière le pavillon. Je pouvais l'aider, m'expliqua-t-elle, en me tenant à l'écart et en évitant surtout de fouler le sable autour des touffes, car elle les voulait dans l'état où Dieu les avait créées.

– Ce n'est pas Lui qui les a mises là. Ce sont des oyats. Mon père et moi les avons repiqués pour fixer le sable.

– Toujours est-il que je ne veux pas d'empreintes de pas.

Elle se mit à déclencher sous tous les angles possibles : en plongée, à ras du sol, d'un côté, puis de l'autre. Elle opérait promptement et avec assurance.

– Il s'agit d'un exercice, me dit-elle.

Je la regardais faire, assis sur la rambarde de la terrasse. Elle se penchait, s'agenouillait, s'allongeait sur le flanc ou bien à plat ventre, et je l'étudiais étudiant les herbes. Elle ne cessait de rajuster sa sortie de bain, d'en ramener les pans entre ses cuisses, d'en resserrer la ceinture, d'en relever les manches. Elle était à la fois si gracieuse et si efficace qu'on aurait pu penser à un genre de chorégraphie.

– Il s'agit d'exercices en composition, m'expliquait-elle. Quand on est capable de photographier de l'herbe, on peut tout photographier.

– Tes photos, tu les vends ?

– Ça m'arrive.

– Celles-ci, tu vas les vendre ?

– Si elles me plaisent et qu'elles plaisent à quelqu'un d'autre. Fais-moi voir ce pied !

Elle prit mon pied dans sa main comme s'il s'agissait de la patte d'un chien.

– Tu as de bons pieds. Je vais te montrer comment je veux que tu me places ce pied. Ici, tout près de ces herbes. C'est vraiment un joli pied, plein d'innocence, qui n'a pas encore été perverti par la chaussure.

Elle me plaça à côté d'un bouquet d'oyats et prit des photos sous une multitude d'angles différents. Lorsque la pellicule fut terminée, elle en chargea une autre.

– Je vais te donner ta première leçon, dit-elle en me tendant l'appareil. Colle ton œil au viseur ! Regarde-moi ! Regarde les nuages ! Regarde le sable ! Non, là, c'est moi que tu vises. C'est du 6 x 9. Tu sais ce que ça veut dire ? C'est le même format que le cinéma. Imagine que tu regardes un film. Arrête de me regarder ! Oui, voilà. Tourne l'appareil d'un quart de tour ! Là, tu passes en format vertical, neuf en hauteur, six en largeur, c'est le format du portrait. Tu me suis ?

Je hochai la tête, la contemplant toujours à travers l'œilleton.

– Abaisse l'appareil ! Ces herbes possèdent chacune cinq, dix, quinze brins. Elles sont comme la trajectoire dans le ciel des fusées d'un feu d'artifice. Tiens, regarde celles-ci : bien que les brins en soient courbes, ils s'inscrivent à l'intérieur d'un carré. Seulement, ton format est rectangulaire. Je voudrais que tu insères ce carré dans ton rectangle. Tu peux utiliser une touffe ou plusieurs. Tu peux utiliser une partie ou bien l'ensemble des brins d'une touffe. Tu peux utiliser une touffe et son ombre ou bien son ombre seule. Dis quelque chose, que je voie si tu suis !

Je l'écoutais, mais aussi la regardais avec une contention telle que je ne trouvai rien à dire.

– J'ai tout saisi, articulai-je.

Elle me détailla le temps d'une seconde.

– Bon, il faut que tu travailles rapidement, sans réfléchir. Il ne faut pas réfléchir. C'est la pire chose. L'œil, lui, ne pense pas ; il regarde. Mais il ne suffit pas de mitrailler. Il faut que l'appareil soit en prise avec quelque chose en toi, tout comme l'est ton œil. Bon, ta profondeur de champ s'étend de là à là, dit-elle en écartant les mains d'une longueur de deux pieds. Garde l'appareil à cette distance de ton sujet. Tu armes comme ceci. Tu déclenches en appuyant ici. Tu fais de la nature morte ; il faut donc que l'appareil soit bien stable. Bien, voyons comment tu t'y prends.

Je me tournai vers elle et me mis à la photographier, sous tous les angles, de tous les côtés, le nord, le sud, l'est et l'ouest. Elle ne bougeait pas, sauf que, vers la fin de la pellicule, elle sortit de son peignoir une jambe légèrement fléchie, selon la pose classique de la beauté au bain.

Je lui rendis l'appareil.

– Micha, tu ne m'as pas photographiée, tu m'as caressée ! Allez, sauve-toi ! Demain, je te montrerai les épreuves.

Elle souriait. Elle m'aimait bien.

III

LES MERTZ

Mon père rentra dans l'après-midi et, le lendemain matin, nous allâmes faire un tour à pied jusqu'à la baie – le cap fait à peu près un mille de large – pour voir comment l'*Angela* avait supporté la tempête. C'était un sloop de vingt-quatre pieds, d'un tirant d'eau de quatre pieds et demi, et pourvu d'une petite cabine dans laquelle deux personnes pouvaient se tenir assises, le menton dans les genoux, ou s'allonger si, comme disait mon père, elles étaient très intimes. Le bateau flottait bas. Le taud s'était détaché et la pluie était entrée. Après avoir asséché les fonds, papa décida de faire un petit tour en mer, de l'autre côté du cap, afin d'aérer les voiles.

L'océan était comme un grand bain vert à la surface frémissante. Dans un ciel bleu pâle, quelques nuages couraient, poussés par une brise frisquette. Il n'y avait plus trace du banc de sable. Nous jetâmes l'ancre par douze pieds de fond à l'emplacement où il se trouvait quelques jours plus tôt.

– Cela fait exactement deux brasses de profondeur, observa mon père. Tiens, qui est-ce qui vient ? fit-il en regardant du côté de la plage.

Zina, accompagnée de Sonya, nageait vers nous.

– Zina Mertz.

– Comment peux-tu être aussi catégorique ?

– Je reconnais sa chienne.

– Nous devrions aller les attendre à mi-chemin, dit mon père. Regarde, le chien fait demi-tour.

– Zina est très bonne nageuse.

– Comment le sais-tu ?

– On s'est baignés ensemble, hier. En plus, elle est très sympa.

Cela eut le don de l'amuser. Il me gratifia de son grand sourire, la pire moquerie qu'il me fît jamais.

Il fallut une éternité à Zina pour arriver jusqu'à nous. Elle était encore plus belle au milieu des eaux vertes, le visage éclaboussé de soleil. Mon père lui tendit la main pour l'aider à monter, mais, d'un rétablissement, elle se hissa à bord.

Il lui demanda si le pavillon était à son goût. Elle dit qu'elle y avait installé une chambre noire. Elle espérait que cela ne le contrariait pas. Il répondit que son beau-père y avait son labo dans le temps.

– Il était fou de photo, mais complètement dépourvu de talent. Chacun de ses clichés était une catastrophe. Nous en avons de pleins cartons. Êtes-vous photographe professionnelle ?

Zina répondit que oui, qu'elle allait exposer avec

d'autres, l'hiver suivant, à New York, et que présentement elle s'allouait un peu de temps libre pour réfléchir.

– J'entends me reposer le regard pendant un moment. Voici l'endroit rêvé pour cela. L'eau et le ciel, dit-elle en désignant la mer, puis, montrant le rivage : L'eau, le ciel et le sable. Multipliez cela par le jour et la nuit et cela ne fait toujours que six choses à regarder. Je me vide la tête.

– On se croirait à la Légion étrangère, dit mon père.

Je vis tout de suite qu'il l'aimait bien. Quand quelqu'un ne lui revenait pas, il se bornait à sourire sans décrocher un mot. Visiblement, la chose était réciproque. Mon père était très bel homme. Il avait le teint pâle, le cheveu très noir et les yeux verts. Chaque fois, les gens à qui il était présenté n'arrivaient pas à en détacher leur regard. J'étais rudement content qu'il la trouve sympathique. Je détestais que le courant ne passe pas entre deux personnes que j'aimais bien.

Il nous raconta au sujet de grand-père Michael une anecdote que je n'avais jamais entendue. Pendant la Seconde Guerre mondiale, la famille de maman fut obligée de quitter le cap, car l'armée devait y procéder à des exercices de débarquement. Par une nuit sans lune de l'été 43, grand-père fit son propre débarquement. Il voulait voir ce que devenait sa maison. Il contourna la pointe à bord d'un petit dériveur qui chavira dans les rouleaux. Ayant reçu le mât sur la tête, il se serait noyé si une patrouille de la police militaire ne l'avait eu repéré depuis un moment déjà. On le ramena à lui, on le sécha, puis, certain d'avoir affaire à un espion allemand, l'officier de garde le cuisina durant toute la nuit. Ceci en dépit du fait que le suspect parlait la langue anglo-américaine à la perfection et répondait à des questions sur Laurel et Hardy, Cole Porter et l'équipe des Red Sox de Boston. L'officier était à deux doigts d'être convaincu quand grand-père proposa en guise de preuve définitive que tel brûleur de sa gazinière était défectueux. Or, il avait oublié avoir remisé ladite gazinière au sous-sol. Le résultat fut que l'officier l'expédia sous bonne garde à un centre du contre-espionnage en Virginie où il fut mis au secret et interrogé deux jours durant. On finit par le relâcher en s'excusant du bout des lèvres et avec une solide réprimande.

Mon père était à la barre. Nous naviguions parallèlement à la côte. Zina et moi changions de côté au gré des virements de bord. Chaque fois, elle m'étreignait le bras, ce qui me ravissait.

– Mon père est né en Allemagne, dit-elle. C'est là qu'il a été élevé, mais il est américain. Il y est arrivé avec ses parents au lendemain de la guerre. Son père, mon grand-père, était un savant renommé. Victor Mertz, cela vous dit quelque chose ? En Alabama il y a une petite ville baptisée Mertz.

Je savais ce que papa allait répondre :

– Michael est né en Allemagne. J'y faisais des affaires

au début des années cinquante. Nous sommes rentrés à la mort de mon beau-père. Je crois même que Michael pourrait demander la nationalité allemande.

– Ça ne risque pas, fis-je.

– Micha est américain jusqu'au bout des ongles, dit Zina.

– En ce cas, pourquoi l'appeler Micha ?

– C'est mon prénom favori, et puis il fait maintenant partie des gens que je préfère. Quant à vous, vous êtes encore plus américain que lui.

– Je ne sais pas pourquoi, dit mon père, mais cela ne me semble pas être un compliment.

– Ce qu'on est, on n'y peut rien. Ce que j'entendais par là, c'est que Micha est plus facile à comprendre que les garçons européens. Cela ne t'ennuie pas, au moins, Micha ?

– Ce qui m'ennuierait, c'est le mot *garçon*.

– Alors, disons : les jeunes Européens de sexe masculin.

– Et le reste de votre famille ? l'interrogea mon père. A part le côté allemand.

– Le reste est originaire de Russie.

Elle expliqua que ses grands-parents maternels avaient quitté leur patrie peu de temps après la révolution pour rallier la colonie russe de Paris.

– C'est là qu'est née ma mère. A proprement parler, elle est princesse.

– Et vous ? demanda papa.

– Moi aussi, dit-elle.

Là-dessus, elle plongea dans l'eau. Elle fit surface et se mit à nager en direction du rivage.

– Elle sait faire une sortie, commenta mon père.

Virant de bord, nous la suivîmes à bonne distance jusqu'à ce qu'elle ait atteint la plage.

Après le déjeuner, j'étais assis sur la galerie en compagnie de Blackheart lorsque Zina apparut en haut de la dune et nous fit signe de rappliquer. Elle nous conduisit sur l'arrière du pavillon pour me montrer une douzaine de ses photos d'herbe. Elles étaient en noir et blanc et, hormis celles de mon pied, avaient plus l'air de dessins que de photographies. La plus réussie à mon goût représentait une touffe unique, composée de sept brins. Ceux qui étaient inclinés vers l'objectif ou dans la direction opposée semblaient des lignes verticales. Ceux qui penchaient de côté décrivaient des courbes parfaites. Aucun brin n'en croisait un autre. Je lui dis que celle-ci était ma préférée.

– Pourquoi ?

– C'est la plus épurée. Mais je les trouve toutes bonnes.

– Pourquoi ?

– Elles sont à la fois tendues et sereines.

– Toi, je t'adore, dit-elle.

Elle m'attira la tête à elle pour me déposer un baiser sur le bout du nez.

– Et maintenant voici les tiennes.

Elle les avait tirées en planche-contact et collées en quatre bandes parallèles sur une feuille de carton. Les images n'avaient aucune suite logique, mais on l'y voyait en deux dimensions, deux vues de profil, une de face, une de dos…

– Tu viens de réinventer le cubisme, dit-elle. Je suis très impressionnée.

Comme je ne répondais pas, elle renchérit :

– Vraiment, Micha, je suis impressionnée.

– Simplement, je préférais te prendre toi plutôt que des brins d'herbe.

– Toujours est-il que tu es un garçon adorable – un type adorable.

Sonya fit son apparition et Blackheart chercha à la monter.

– Arrête ça ! lui hurlai-je.

– Oh, laisse-le faire ! Une dame aime bien qu'on lui fasse des avances.

La situation ne m'embarrassait pas en soi, mais j'étais gêné pour Blackheart, qui était moitié moins grand que Sonya. Tout couinant et gémissant, il faisait des bonds pour essayer de se jucher sur le setter, qui ne daignait même pas tourner la tête pour voir ce qui se passait.

– C'est ce qui s'appelle faire ça à la volée, commenta Mrs. Mertz à travers la porte grillagée.

– Maman, viens ! Je te présente Micha. Tu l'as vu l'autre jour sur la plage, tu sais : le poussin tombé dans la mare. Et ça, c'est son chien. Je ne le donne pas gagnant, et toi ?

– Ils ne semblent pas faits l'un pour l'autre, dit

Mrs. Mertz en sortant sur la galerie, un verre à la main.

Nous nous assîmes tous les trois. Mrs. Mertz retint l'attention de Blackheart et il cessa de s'intéresser au setter. Je vis à la façon dont la chienne vint s'allonger entre nous qu'elle se prenait pour une personne à part entière. De même que l'animal, Mrs. Mertz était brune avec des reflets roux. Comme lui, elle avait des membres longs aux attaches fines et, comme lui, elle avait ramené ses pieds nus sous elle. Elle dit à Zina d'aller me chercher un verre. Sans m'avoir demandé ce que je désirais boire, Zina m'apporta une vodka qu'elle me tendit avec un petit rire. Mrs. Mertz était plus pâle et plus gracile que sa fille. Tout en sirotant ma vodka, je retranchai de Zina l'image de Mrs. Mertz, histoire de me figurer à quoi pouvait ressembler son père. Costaud et noir de poil : telle fut ma conclusion. Je la soumis à Mrs. Mertz et lui demandai si j'avais vu juste.

– C'est tout à fait ça. Vous êtes très astucieux.

– Et que fait Mr. Mertz ? demandai-je.

– Ça, Dieu seul le sait. Il y a des mois que je n'ai eu de ses nouvelles. Et toi, Zina ?

– J'ai reçu une lettre de lui.

– Alors, qu'est-ce qu'il fait ?

– Oh, le truc habituel.

– Voilà, Micha, vous savez tout : le père de Zina fait le truc habituel.

Je ne terminai pas la vodka et, au bout d'une heure, m'en fus avec ma planche-contact.

IV

LA FÊTE DE JUILLET

Le dimanche matin, nous prîmes le bateau pour nous rendre à l'église des Pêcheurs-d'hommes. Un arrangement avait été passé avec une marina proche de l'église et les paroissiens pouvaient y amarrer leurs bateaux pour la durée de l'office. Zina nous accompagna. Mrs. Mertz fit dire qu'elle ne venait pas, qu'elle préférait adorer le dieu Soleil. Zina paraissait déguisée avec sa robe longue à ramages et son grand chapeau. Elle semblait jouer le rôle de qui va à l'église le dimanche ; et de fait, alors que nous accostions, elle me glissa :

– Micha, pince-moi si je pouffe.

Mr. Walton aimait à user de thèmes aquatiques dans ses sermons. Celui-ci s'intitulait « le déluge personnel » et traitait de « ces périodes que tous nous traversons, durant lesquelles nous sommes en butte à des malheurs sans fin. C'est alors que nous devons être fidèles aux êtres qui nous sont chers, nous raccrocher à notre foi en la délivrance, et attendre quarante jours et quarante nuits, s'il le faut, que reflue l'affliction ».

Mr. Walton était également renommé pour son épouse, Elaine, la plus belle femme du pays. Mon père disait que, s'il s'en était servi comme appât, Mr. Walton eût assurément été un grand pêcheur d'hommes. Il disait également que, puisque nous ne pouvions nous rendre à l'église que par beau temps, la question de notre assiduité reposait entre les mains du Seigneur et que nous n'avions donc pas à éprouver de la culpabilité les dimanches de grand vent. Zina déclara – sérieusement, je crois – avoir, pendant le service, trouvé le moyen de photographier Dieu.

Au retour, comme nous le fîmes ce dimanche-là, nous doublions parfois la pointe pour venir mouiller en face de la maison. Comme nous ne disposions pas d'une cale de ce côté-là, nous nous mettions en petite tenue et gagnions la plage à pied en tenant nos effets au-dessus de notre tête. J'étais chaque fois un peu gêné de voir ma mère en petite culotte et en soutien-gorge, même si en sous-vêtements elle était plus couverte qu'en maillot de bain. C'était toujours très drôle et j'avais plaisir à voir maman de bonne humeur.

Je fus un peu étonné lorsque mon père décida de faire le tour de la pointe ce fameux dimanche. Avait-il oublié que Zina était avec nous ? Il la porta dans ses bras. Elle perdit son chapeau, qui tomba à l'eau, et mouilla le bas de sa robe. Il avait tout d'un jeune marié qui franchit le seuil de la maison avec sa femme dans les bras. Nous riions tant que nous avions grand-peine à marcher dans trois pieds d'eau.

Maman avait des sentiments mêlés quant à ces étés que nous passions au cap Bone. Il s'agissait certes d'un des hauts lieux de son enfance. Mais, d'un autre côté, elle n'aimait pas « se retrouver abandonnée », comme elle disait à propos des sauts que papa faisait en ville pour ses affaires. Et même quand il était là, elle trouvait qu'il passait plus de temps seul ou avec moi qu'en sa compagnie. C'était la raison pour laquelle elle aimait à lancer des invitations. Nous donnions généralement une fête en juillet – elle n'allait pas tarder – et une autre en août, pour clore la saison en septembre avec celle du Labor Day.

Après le déjeuner, je me rembarquai en compagnie de mon père pour longer le rivage vers le sud jusqu'à un petit village situé au-dessous de l'isthme, où était installé un excellent fromager. Pendant qu'il faisait les courses, je maintins l'*Angela* bout au vent, voiles en ralingue. La toile qui battait et claquait faisait entendre comme des reproches et, lorsque papa reparut avec le fromage, il déclara que l'*Angela* était une dame et qu'elle n'aimait pas faire les commissions.

– Zina soutient que sa chienne est une dame.

– Les setters sont folâtres et stupides. Une dame ne saurait être folâtre et stupide. Une dame est pondérée et n'ignore rien de ce que pense son entourage.

– Est-ce que maman est une dame ?

– On peut le dire.

– Et Mrs. Mertz ?

– Je l'ai prise entre quatre yeux, non pas pour voir si elle est une dame, mais pour voir si elle est une femme respectable.

– Et alors ?

– Pas mal respectable. Nous verrons lors de la fête s'il s'agit d'une dame.

– Tu la trouves séduisante ?

– Assez séduisante.

– En revanche, Zina, elle, est très belle.

– Pas mal belle, oui, fit papa avec son plus grand sourire.

Je me sentais parfaitement heureux. J'étais à bord de l'*Angela* en compagnie de mon père et de Blackheart. Le ciel était d'un bleu profond, sans le moindre nuage. En regardant suffisamment loin je pouvais voir la nuit qui approchait. A cinq heures, Zina et sa mère seraient à la fête. Les Cuddihy prendraient leur bateau pour venir du continent. Maman était allée à l'école avec Mrs. Cuddihy et elle était toujours de bonne humeur quand cette dame était là. Mr. Cuddihy était entrepreneur. Je crois que mon père et lui travaillaient ensemble. Après avoir ramené le bateau à son mouillage habituel dans la baie, nous rentrâmes à pied à travers le cap. La galerie avait un côté ensoleillé et un côté ombragé, un côté sous le vent et un côté au vent, un côté sec et un côté humide. C'était l'endroit rêvé pour lire, faire un somme ou donner une fête.

Les Cuddihy arrivèrent à l'heure dite. Mrs. Cuddihy et maman tombèrent dans les bras l'une de l'autre. Mon père et Mr. Cuddihy échangèrent une poignée de mains et se servirent un verre. Papa ne buvait jamais avant le début d'une fête et Mr. Cuddihy ne manquait jamais de le faire. Il était grand et costaud, avec une face rubiconde, de grands pieds et de grandes mains. Tout le monde l'aimait bien, moi y compris, sauf quand il sortait des trucs comme : « Michael, Michael, qu'est-ce que tu attends pour rattraper ton père ? Tu n'as pas tant de temps que ça à perdre. Allez, viens dire bonjour à Melissa. »

Les Cuddihy se figuraient que leur fille, Melissa, et moi sortions ensemble. En fait, nous ne nous rencontrions que lorsque nos parents se voyaient. Melissa était une fille sympa, pas moche du tout, et qui partageait mon goût pour la poésie. Ce qui m'empêchait de goûter tout à fait sa compagnie tenait à ce qu'elle mesurait deux pouces de plus que moi. Ce dimanche-là, elle m'apporta les poèmes d'Edna Saint-Vincent Millay.

Mes parents et les Cuddihy conversaient joyeusement, le verre à la main, et Melissa me lisait un poème que, visiblement, elle connaissait par cœur :

Quelles lèvres mes lèvres ont-elles embrassées, et en
[quel lieu, et pourquoi,
J'ai oublié, et quels bras ont reposé sous ma tête
[jusqu'au matin…

Soudain il y eut du mouvement et tout le monde tourna le regard : Zina et sa mère étaient en train de gravir l'autre versant de la dune. On leur vit d'abord la tête, puis les épaules et ainsi de suite.

– La naissance d'Aphrodite, dit mon père.

Je me demandai de laquelle il parlait. Mrs. Mertz était vêtue d'un corsage noir et d'un pantalon blanc, Zina d'un pantalon jaune et d'un corsage orange.

Tandis qu'elles approchaient, l'idée fort étrange me traversa que Mrs. Mertz était plus belle que Zina. Elle marchait non comme une princesse mais comme une reine, bien droite, le regard pointé sur nous, avec une ombre de sourire. Puis, sans doute à dessein, elle dissipa tout ceci en tirant sur une cigarette. Zina venait à sa suite, les yeux au sol. A elles deux, elles produisaient une telle impression qu'il nous fallut plusieurs minutes pour nous pénétrer de leur image.

Nous étions maintenant huit sur la galerie, scindés en deux groupes tel un ballet. D'un côté, mon père et Mr. Cuddihy en train de converser gaiement avec Zina et Mrs. Mertz ; de l'autre, Mrs. Cuddihy, ma mère, Melissa et moi. Maman n'arrivait pas à fixer son attention sur ce qui se disait. Je savais ce qui la préoccupait : chaque fois que mon père badinait ainsi avec une jolie femme du genre de Mrs. Mertz, elle éprouvait le besoin de s'interposer. Elle s'était forgé tout un arsenal tactique. Elle allait rejoindre mon père pour s'immiscer dans la conversation ; elle l'envoyait chercher quelque chose ; elle l'appelait pour le présenter à un tiers. Papa savait ce qu'elle avait en tête dans ces moments-là car il affichait alors son grand sourire. Il s'exécutait néanmoins de bonne grâce. Un jour, je lui avais demandé si maman était du genre jaloux.

– Disons plutôt le genre prudent, me fut-il répondu.

Présentement, le problème de maman résidait dans le fait que Mrs. Cuddihy était en train de lui donner des nouvelles de leurs anciens condisciples de l'université et que cela n'en finissait pas. Elle n'eut d'autre possibilité que de se placer de manière à pouvoir surveiller mon père du coin de l'œil. Je n'en perdais pas une miette moi non plus. Zina accordait toute son attention à Mr. Cuddihy tandis que Mrs. Mertz racontait quelque chose à papa. Il avait l'air de trouver l'histoire amusante, mais peut-être n'était-ce qu'une façade. Melissa cherchait à m'entraîner à l'écart de nos mères respectives. Afin d'éviter cela, je les plantai là et allai me poster entre Zina et Mrs. Mertz. Celle-ci recommença son histoire à mon intention. Si j'ai bien saisi, un jour que son mari se servait d'une grosse tondeuse à gazon, la lame ramassa un fil de cuivre et le lui projeta dans l'abdomen. Mrs. Mertz le conduisit à l'hôpital, où il fut opéré d'urgence par un chirurgien moscovite émigré de fraîche date. Une semaine après sa sortie de l'hôpital, Mr. Mertz se rendit au cabinet dudit chirurgien pour la visite postopératoire. Il déclara, histoire de plaisanter :

– Je ne peux peut-être plus tondre la pelouse, mais je peux toujours couper la moutarde.

– C'est quoi, « couper la moutarde »? s'enquit le praticien.

– Baiser.

– Baiser? Pas pouvoir baiser. Vous avoir eu éventration.

– Je l'ai fait en douceur, précisa Mr. Mertz.

– Ah, en douce... fit le chirurgien en opinant du chef.

Et Mrs. Mertz de conclure :

– Depuis ce jour-là, je me dis que, si on le fait en douce, ça ne compte pas.

Cela mit les deux hommes en joie, encore que Mr. Cuddihy parût douter que cette anecdote dût être racontée en ma présence. Manifestement, Zina la connaissait déjà.

D'un air conspirateur, elle nous laissa pour aller se joindre à l'autre groupe. Le temps que je l'imite, elle et Melissa partaient de leur côté. Melissa était en short et en sandales. Elle était moins corpulente que charpentée. Elle avait des fossettes aux genoux. C'était elle qui parlait :

– A l'évidence, vous êtes plutôt graphique. Michael et moi privilégions le verbe. Nous aimons certes les images mais, quand nous avons quelque chose à exprimer, nous le mettons en mots. Tenez, il y a un test pour distinguer les deux tendances : tête de linotte est nette de litote. Si cela vous paraît de la pure magie, c'est que vous êtes quelqu'un de verbal. Si vous n'y voyez que des mots, alors non. Il y a cependant une différence entre Michael et moi – elle me posa la main sur le bras : Tu peux me contredire si tu le souhaites, Michael, mais le fait est que moi, je réfléchis puis je parle, alors que lui parle et ensuite réfléchit.

Pour lors, je faisais exactement le contraire. Je ne pipais mot et cogitais dur. Qu'est-ce qu'elle était en train de manigancer ? Jamais je ne l'avais entendue dégoiser de la sorte. Elle parlait comme si nous étions des objets. Je ne l'avais jamais ne fût-ce que frôlée. Jamais je n'étais sorti avec elle. Quelle mouche l'avait piquée ?

Tout à coup, Mr. Cuddihy se matérialisa à côté de nous.

– Ma chérie, c'est du vin que tu bois là ?

– Maman a dit que je pouvais.

– Rien qu'un alors. Et vous ? dit-il, s'adressant à Zina. Est-ce que je peux aller vous servir un verre ?

– Je vous accompagne, dit Zina.

J'étais furieux après Melissa.

– Qu'est-ce c'est que cette histoire ? Je commence par parler et toi par réfléchir ?

– C'est pourtant bien ce que tu fais.

– Tu ne me connais pas assez pour proférer ce genre d'affirmation. Tu ne me connais pas du tout !

J'en avais le souffle coupé.

– Mais pourquoi tu te fâches ? J'avais seulement en tête de te tourner un compliment.

– Ah oui, et on peut savoir lequel ?

– Je voulais parler de ta spontanéité.

– Ah ben ça, c'est fort !

Mais elle m'eut l'air au bord des larmes.

– C'est bon, Melissa. Je ne suis plus fâché. Seulement, je trouve que tu parles sans savoir.

– Tu ne tenais pas à ce que je parle de toi à Zina, hein, c'est ça ?

– Non. C'est pas ça.

– Elle te plaît.

– Zina plaît à tout le monde, Melissa. Elle plaît à ton père. Y a qu'à voir comme il la serre de près.

Melissa tourna les talons, dévala les trois marches de la galerie et partit en direction de la plage. Maman, qui nous regardait, sut tout de suite qu'il se passait quelque chose. D'un petit mouvement de tête, elle me fit signe d'avoir à suivre Melissa. Je n'en avais pas la moindre envie, mais je m'exécutai. Quand nous revînmes à la maison, elle était calmée.

Tout le monde s'était transporté de l'autre côté pour regarder le soleil se coucher. Alors que l'astre achevait de s'engloutir, Mr. Cuddihy dit tout haut :

– Il y va… il y va… top, il y est.

Et les autres s'exclamèrent joyeusement.

On mangea à l'intérieur. Ceux qui avaient bu des alcools passèrent au vin. Après le repas, Mr. Cuddihy se mit à jouer des airs au piano. Nous fûmes bientôt tous autour de lui, à reprendre les refrains. Zina sortit appeler sa chienne, qui arriva au petit trot. Elle la flatta un instant, puis la fit coucher sur le plancher de la galerie. Blackheart aboyait, mais il se laissa amadouer avec un reste de riz aux crevettes. Melissa se révélait avoir une jolie voix. De même que Mrs. Mertz. Après des chansons comme *Just One of Those Things*, *Night and Day*, *Stormy Weather*, elle en dit les paroles françaises tandis que Mr. Cuddihy jouait les accords appropriés.

– Ta mère, elle est vraiment super, glissai-je à l'oreille de Zina.

– Ta copine, là, elle est amoureuse de toi, murmura-t-elle en retour.

– Oui, mais ce n'est pas réciproque.

– L'être aimé a une responsabilité à l'égard de qui l'aime.

Je ne sus que répondre. Et elle, si je lui disais que je l'aimais, nourrirait-elle un sentiment de responsabilité à mon endroit ?

– Elle t'a apporté un recueil de poèmes. Tu devrais lui donner quelque chose en retour.

– Ouais, tu as raison.

– Quelque chose qui ait du prix à tes yeux.

– Ouais, c'est ce que je vais faire.

Mais je n'en fis rien. J'allai chercher dans ma chambre l'exemplaire des poèmes de Yeats que Melissa m'avait offert quelque temps plus tôt, et j'y inscrivis : « Pour Zina, page 114. » L'auteur y rapportait un vers trouvé dans une pièce ancienne :

Dans les rêves commence la responsabilité.

Je lui remis le livre dans l'obscurité, alors qu'à la fin de la fête elle et sa mère nous remerciaient de notre hospitalité.

V

LA JOURNÉE DU LENDEMAIN

Je pris le petit déjeuner en compagnie de maman. Papa bricolait à bord de l'*Angela*.

Ma mère pouvait faire plus jeune ou plus vieille que son âge. Elle paraissait rajeunie lorsqu'elle était bien lunée. Alors ses mouvements se faisaient prestes et son visage s'affinait. Quand elle était de bonne humeur, elle paraissait bien en chair et ses gestes étaient tout en rondeur : elle posait les objets en décrivant une sorte de courbe et se déplaçait d'un endroit à un autre selon un arc de cercle. Fort bien disposée ce matin-là, elle se mit à parler de la fête, ce qui indiquait que la soirée avait été un succès.

Mary Cuddihy était une « femme délicieuse », d'autant qu'avec le temps il devenait difficile de se faire de nouvelles amies et impossible de s'en faire de vieilles. Mrs. Cuddihy avait rappelé à maman que, durant un semestre, elles s'étaient l'une l'autre baptisées Charmion et Iras, du nom de deux suivantes de Cléopâtre.

– Cléopâtre, c'était P.B. Brooks, notre professeur de littérature élisabéthaine. Cela m'était complètement sorti de la tête.

A propos de Melissa :

– Elle fera quelqu'un de tout à fait bien dès qu'elle aura grandi un peu.

– Tu ne veux pas dire physiquement ?

– Pour ça, il faut reconnaître qu'elle tient de son père. Quant à Zina, c'est une fille intelligente et qui sait se tenir.

– Et très belle aussi, ajoutai-je.

– Elle a un visage intéressant, et puis elle écoute vraiment ce que tu dis. Et ça, c'est quelque chose que j'apprécie chez les gens.

– Et Mrs. Mertz ? Est-ce qu'elle sait se tenir ? Dirais-tu que c'est une dame ?

– Il y a sûrement des cercles où elle ferait illusion. Ton père pense probablement que oui.

– Mais pas toi.

– Elle est femme jusqu'au bout des ongles. Quant à Blackheart, il est trop coureur. On aurait dû le faire opérer quand c'était possible.

– Papa est contre.

– Ton père nourrit un attachement tout romantique pour l'état de nature.

– Moi aussi.

– Toi, Michael, c'est avec les femmes que tu es romantique.

– Et papa ?

Elle marqua un silence, puis répondit :

– Je ne sais pas.

Après le petit déjeuner, j'allai retrouver mon père. Il était en train de passer en revue la chaîne du mouillage pour voir son état de corrosion. Il était particulièrement beau quand il s'absorbait dans quelque chose. Il ne correspondait vraiment pas à l'idée que l'on se fait d'un père, du moins en ce qui concernait la discipline. Maman me disait ce que je pouvais et ne pouvais pas faire. Papa, lui, me disait ce que je devais et ne devais pas faire.

C'était marée basse. Parvenu auprès du bateau, j'avais l'eau qui m'arrivait à la taille. Tout en l'aidant à remonter la chaîne à bord, je demandai à mon père comment il avait trouvé la fête. Il dit qu'il y avait eu une bonne ambiance, puis il voulut savoir ce que moi j'en avais pensé.

– C'était pas mal. Comment trouves-tu Mrs. Mertz à présent ?

– Elle a animé la fête, elle et Frank Cuddihy.

– Maman pense qu'elle te plaît bien.

– Elle te l'a dit ?

– Elle me l'a fait comprendre.

– Elle plaît à tout le monde.

J'avais usé des mêmes mots à propos de Zina.

– Pas à maman, dis-je.

– Elle te l'a dit ?

– Non, mais ça se voit. Et Zina, tu l'aimes bien ?

– Zina n'est pas quelqu'un de simple, Michael.

– Qui a dit qu'elle l'était ?

– C'est toi qui as l'air de penser ça. Tu la crois parfaite. La perfection, c'est la limpidité même.

– Un jour, je t'ai entendu dire que les femmes ordinaires restent à nager près du bord et que les femmes extraordinaires piquent vers le large. Zina est extraordinaire, tu ne trouves pas ?

– Ma foi, elle pique effectivement vers le large.

En revenant à la maison, nous avisâmes une vedette flambant neuve qui dansait sur son ancre en face de la plage. Mon père et moi nourrissions un préjugé non dénué de snobisme à l'égard des bateaux à moteur. Notre sentiment était que la navigation à bord d'une telle embarcation ne différait guère d'un trajet sur autoroute. En voilier, on n'entendait, on ne sentait, on ne percevait que le vent et la mer. On faisait la même chose que nos ancêtres des milliers d'années avant nous. Prenez l'*Angela* : un bateau fait de bois et de toile, comme tous les voiliers avant lui. Il goûtait autant le large que les eaux abritées de la baie. Rêveur, il chevauchait la houle avec tant d'aisance qu'il faisait de vous un rêveur. Allez donc rêvasser à bord d'un bateau à moteur. Un tel engin suscite des projets, pas des rêves. L'*Angela* aimait à être souquée, mais elle ne vous jouait aucun mauvais tour. Elle préférait une brise forte et soutenue, mais elle étalait les surventes, jamais ne renâclait et était parfaitement heureuse de flâner dans le petit temps. Si vous ne saviez pas toujours bien y faire, elle montrait de l'indulgence. Elle était lourde pour sa taille et n'aimait pas rivaliser de vitesse. Mon père disait que, si elle avait été une femme, elle aurait eu la fesse grosse et la poitrine opulente, qu'elle aurait été meilleure mère qu'épouse et meilleure épouse que maîtresse.

Il semblait n'y avoir personne à bord de la vedette. Nous pensions trouver des visiteurs à la maison, mais maman montra le pavillon par-dessus son épaule.

– Deux garçons délicieux, dit-elle, tout bronzés et le genre marrant.

La dune les masquait à ma vue, mais je pouvais les entendre. Mon père n'avait pas l'air de s'y intéresser et je m'efforçai de faire de même. S'agissait-il d'amis de Zina ou bien de sa mère ? J'envisageai de retourner à l'*Angela*, mais il ne restait plus rien à faire là-bas. Je voulus proposer une partie d'échecs à papa, mais il était déjà allongé sur la galerie avec un livre. Pour finir, je fis signe à Blackheart et nous partîmes en petites foulées sur le sable chaud, direction le pavillon. En chemin, je cueillis un brin d'herbe et le plaçai entre mes lèvres afin d'être, comme Zina, quelqu'un de très à l'aise.

Elle et sa mère étaient contentes de nous voir. Mrs. Mertz, en bikini, m'embrassa sur la joue. Zina me prit par la main et me présenta aux deux visiteurs. Henry, dans la trentaine, dirigeait une galerie d'art en ville. Wilder, plus jeune, était photographe. Henry, blond, hâlé au possible, très droit, me serra la main d'un air grave. Wilder me fit lui aussi un bon accueil, mais moins guindé.

Zina leur expliqua comment j'avais redécouvert le cubisme en la photographiant. Mrs. Mertz ignorait tout de ces photos et je promis de les lui apporter. Henry dit qu'il avait tout de suite vu que j'étais quelqu'un de créatif, et il ajouta que j'aurais pu poser pour Egon Schiele : j'avais ce côté à la fois « candide et déluré ».

– Henry, le réprimanda Mrs. Mertz, arrête tes conneries ! Micha ne sait plus où se mettre.

Henry me demanda si j'étais réellement d'origine russe, et Mrs. Mertz décréta qu'elle me gardait à déjeuner.

Pendant le repas il fut beaucoup parlé du cap Bone. C'était l'endroit rêvé pour Mrs. Mertz : ici, elle n'avait plus à s'occuper de quoi que ce fût. L'idée me traversa que cette femme se remettait d'une longue épreuve, même si, quoique fort mince, elle paraissait en parfaite santé. On parla aussi photographie. Sans doute pensaient-ils que cela m'intéresserait. Je ne connaissais aucun des noms qui étaient cités. Tel photographe faisait du nu sa spécialité. Son travail était-il pornographique ?

Mrs. Mertz dit que sa production était à peu près aussi excitante qu'une pince à linge.

– C'est bien connu, remarqua Henry : les femmes sont insensibles aux stimuli visuels.

Zina dit que les photos en question étaient « trop tridimensionnelles : un Karsh qui ferait du nu ».

Elle vit que tout cela ne m'intéressait guère, et posa

sa main sur la mienne pour me consoler. Nul ne parut s'en formaliser. Cela signifiait-il que ni Henry ni Wilder n'avait de vues sur elle, ou bien alors que j'étais trop jeune pour concourir ? D'après leurs âges respectifs, j'aurais plutôt rangé Henry avec Mrs. Mertz, et Wilder avec Zina. Mais cela pouvait aussi bien être l'inverse.

Après le déjeuner, tout le monde se mit à l'eau pour aller sur la vedette, baptisée *Chelsea Hotel*. Une demi-heure durant, Henry fit des allers et retours à plein régime le long de la côte et poussa quelques pointes de vitesse vers la haute mer. Pour nous en mettre plein la vue, il monta à trente nœuds, brassant un immense sillage blanc. Il m'invita à prendre la barre et, placé dans mon dos, me tint les mains tandis que je gouvernais. Ces runabouts sont amusants un temps, mais ils sont trop faciles à mener. N'importe qui peut, en moins de deux, piloter un tel machin. Suffit d'éviter les collisions.

Là-dessus, on remonta s'installer sur la terrasse du pavillon. Mrs. Mertz servit à boire, puis elle alla mettre un disque de Nina Simone qu'elle accompagna de la voix. Henry l'invita à danser et presque aussitôt s'enfonça une écharde dans le pied. Mrs. Mertz, munie d'une aiguille et d'une pince à épiler, se proposait de la lui enlever, mais il dit que cela requérait « une main jeune et ferme », la mienne. Au reste, il est vrai que je me défends assez bien question échardes. On plaça deux chaises en vis-à-vis et je pris son pied sur mes genoux. J'étais en train de le charcuter quand il s'écria tout à coup :

– Oh, mon Dieu, cette douleur ! Surtout n'arrête pas !

Je ne compris qu'il plaisantait que lorsque tout le monde, lui y compris, se mit à rire.

Soudain, mon père, toujours en maillot de bain, se trouva là. Sans doute avait-il entendu la musique et la bonne humeur générale. Mrs. Mertz lui passa le bras autour du cou comme s'il était une vieille connaissance, et le présenta comme « le plus beau proprio de la création ». Elle lui demanda s'il voulait boire quelque chose et, revenant avec un verre pour lui et un autre pour elle-même, elle l'invita à danser. Tel était le tableau que maman découvrit à son arrivée : mon père et Mrs. Mertz, chacun un verre dans la main gauche, lui la tenant par la taille, elle suspendue à son épaule.

Maman en colère, c'était quelque chose. Mrs. Mertz se sépara de son cavalier et fit de son mieux pour la présenter à Henry et à Wilder. Maman les salua d'un hochement de tête, mais ignora la main qu'ils lui tendirent tour à tour. D'un autre signe de la tête, elle refusa le verre que Mrs. Mertz lui proposait. Elle ne s'assit pas lorsque cette dernière l'y invita, et s'écarta de papa quand il vint près d'elle. Pour arranger les choses, Blackheart, qui venait lui aussi de reparaître, se mit à renifler le derrière de Sonya en poussant de petits gémissements. Maman lui assena une épouvantable taloche. Il poussa un grand glapissement et détala. Papa m'adressa un clin d'œil. Mrs. Mertz avait opéré un repli et, adossée au mur du pavillon, elle observait la scène par-dessus le bord de son verre. Zina ne décollait pas les yeux des planches de la terrasse. Maman, saisie d'un surcroît de colère pour s'être laissée aller à frapper Blackheart, eut le bon sens de partir. Elle n'avait pas décroché une parole.

Mrs. Merth se lança dans un :

– J'espère que votre femme…

Mais mon père leva la main pour couper court à tout commentaire. Dans le même mouvement il me fit signe de demeurer là encore un moment, puis il prit la direction de la maison.

– Bon, alors, fit Mrs. Mertz avec un soupir et un sourire, on danse ou quoi ?

Cela ne tentait personne. Henry et Wilder dirent qu'il leur fallait partir. Là-dessus, Mrs. Mertz déclara qu'elle allait faire une petite sieste.

– L'ennui, laissa tomber Zina quand tout le monde fut parti, c'est que, dès qu'elle a un verre dans le nez, maman se prend pour Brigitte Bardot.

– L'ennui, dis-je, c'est que mon père trouve Brigitte Bardot tout à fait à son goût.

– J'espère que tu n'as pas été agacé par le cinéma d'Henry. Il n'est pas du tout comme ça en réalité.

– Comment est-il en réalité ?

– Il a été l'ami le plus proche de maman. Quand mon père l'a plaquée, elle s'est effondrée. Henry lui a pour ainsi dire sauvé la vie.

– Tu dois l'aimer beaucoup.

– Oui, en effet. Bon, ton père a eu tout le temps de recoller les morceaux. Rentre chez toi et conseille à ton drôle de petit chien de corriger ses manières.

Au lieu de rentrer, je partis vers la baie et demeurai un long moment immobile au bord de l'eau. Blackheart me rejoignit. Lui et moi aimions bien cette odeur d'algues pourrissantes qu'il y avait à marée basse. Le ciel prenait des teintes violacées. L'*Angela*, posée sur une mer d'huile, était le bateau idéal. Blackheart était le plus fidèle et le meilleur chien de la terre. Parler ainsi à Zina de sa mère et de mon père faisait que je me sentais plus proche d'elle. C'était un peu comme si nous avions ourdi un complot.

En revenant à la maison, j'aperçus mon père qui se dirigeait vers la plage. Je montai à l'étage. La porte de la chambre de mes parents était fermée. Je toquai.

– Va-t'en ! fit maman.

– C'est moi.

– Toi aussi, va-t'en.

Je redescendis, suivi de Blackheart, qui ne me quittait pas des yeux. Ou bien il comptait sur une explication, ou bien il attendait son dîner. Je lui donnai à manger et il s'éclipsa.

J'ignorais dans quelle direction était parti mon père. S'il avait pris vers le nord, il n'allait pas tarder à rentrer. S'il était parti vers le sud, vers le continent, il se pouvait qu'on ne le revît jamais.

Les parents de Hillyer, mon meilleur ami, s'étaient

séparés deux ans plus tôt. Hillyer avait accusé le coup dans les premiers temps. Son idée était qu'ils auraient dû attendre que lui et son petit frère fussent sortis de l'enfance. Je venais de recevoir une lettre de lui. Son père était en Amérique du Sud et son frère n'adressait plus la parole à sa mère. « Il faudrait, m'écrivait-il, qu'on puisse venir au monde sans l'intervention de parents. »

Ce genre de chose ne se produirait jamais chez nous, me disais-je. Papa savait y faire avec maman. Il avait toujours le chic pour l'amadouer. Il la prenait dans ses bras ; elle faisait d'abord son œil noir, puis finissait par sourire. Elle l'adorait.

Cependant, si jamais il arrivait que mon père tombât amoureux de Mrs. Mertz, allaient-ils vivre ensemble ? Il était difficile de les imaginer se mettant en ménage. Cette femme était séduisante, très belle même, mais elle comptait que l'on fût aux petits soins avec elle, et ce n'était pas vraiment le genre de mon père. D'un certain côté, ils étaient de la même race : l'un comme l'autre étaient des séducteurs, sinon que lui faisait figure d'amateur à côté d'elle.

Comment cela se passerait-il entre eux ? Il se montrerait probablement enjoué et disert, et elle de même. A moins que, se retrouvant avec une femme toute différente, il ne devînt plus silencieux et ne la laissât occuper l'espace sonore. Je me représentais Zina et moi échangeant des regards à tel ou tel propos entre eux deux. Cependant, quoi qu'il arrivât entre ces deux-là, Zina deviendrait, et pour toujours, ma demi-sœur. Mais, sur ce point, je me mettais peut-être le doigt dans l'œil. Telles furent mes réflexions en attendant le retour de mon père.

J'avais le nez dans le réfrigérateur lorsqu'il rentra.

– Des nouvelles de là-haut ?

– On devrait peut-être aller voir, dis-je.

– On va préparer à manger et je monterai un plateau.

Nous fîmes des sandwiches. Papa en disposa deux sur un plateau, ainsi qu'une paire de verres et une bouteille de vin. Il le prit d'une main, à hauteur de la tête, et s'engagea dans l'escalier tel un acteur interprétant un serveur.

Il redescendit aussitôt.

– Je l'ai déposé devant la porte. Où est passé Blackheart ?

– Sur la galerie. Il dort.

– Il a un faible pour les sandwiches.

– Maman s'est enfermée à clé ?

– Oui, mais j'ai un plan. Commençons par nous restaurer.

Je demandai :

– Comment as-tu trouvé ces deux types ?

– Tu es allé sur leur bateau ; c'est à toi qu'il faut demander ça.

– Je les ai trouvés plutôt sympas. Tu crois qu'ils s'intéressent à Zina et à Mrs. Mertz ?

– Pas pour la bagatelle.

– Et pourquoi pas ?

– Une idée, comme ça.

Son plan fonctionna à merveille. Nous allâmes chercher l'échelle, qui était rangée sous la galerie est, et la dressâmes contre la maison. Il y grimpa et entra par la fenêtre. Maman poussa d'abord un grand cri, mais se mit à rire avant longtemps. Il savait vraiment y faire. Je me demandais si je saurais un jour m'y prendre de même avec les femmes.

VI

UNE MISE EN GARDE

Le lendemain matin, le ciel était bleu pâle et sans un nuage, la mer d'un vert transparent à proximité du rivage, bleu sombre vers le large. Une belle brise soufflait de terre. Les eaux étaient très plates et le ressac insignifiant. Un temps rêvé pour la navigation à voile.

Il y avait quatre maisons sur le cap si l'on considérait que la nôtre et le pavillon n'en faisaient qu'une. La plus proche du continent était un confortable petit cabanon appartenant à Mr. Strangfeld, qui y vivait seul depuis la fin de la dernière guerre. Plus il se faisait vieux, plus nous nous demandions comment il se débrouillait durant l'hiver. Il avait l'électricité mais pas le téléphone. En cas de pépin, il n'aurait pas pu faire grand-chose. Chaque printemps quand nous ouvrions la maison, nous n'aurions pas été étonnés d'apprendre qu'il était mort et que son cadavre avait été dévoré par les rats.

Il subsistait grâce aux autres habitants du cap.

Chaque matin sur le coup des huit heures, il passait devant chez nous au volant de son buggy. Si nous souhaitions aller sur le continent, il nous suffisait de piquer un drapeau vert dans le sable et il s'arrêtait pour nous prendre. C'était le seul moyen de quitter le cap par voie de terre. Il assurait son service, qu'il pleuve ou qu'il vente, tant qu'il restait un estivant. Il avait deux autres fonctions. Nous possédions tous un puits, mais l'eau en était saumâtre. Mr. Strangfeld rapportait de l'eau potable du continent dans des bonbonnes de dix gallons. Lorsqu'il nous en fallait, nous laissions la dame-jeanne vide devant la maison et il en déposait une pleine à la place. Enfin, pendant la mauvaise saison, il gardait un œil sur les maisons pour voir si elles n'avaient pas été fracturées, abattues par le vent ou emportées par les flots. Je ne sais pas combien les habitants lui donnaient, mais cela lui suffisait pour payer ses impôts, son électricité et sa subsistance. Nous aurions pu avoir notre propre buggy, mais nous aurions craint, en le privant d'une part de ses revenus, de compromettre la survie du bonhomme.

Le cap Bone s'étire sur six milles vers le nord parallèlement au continent. Il est baigné à l'est par l'océan et à l'ouest par les eaux de la baie. Du temps du grand-père, le cap Bone était encore une île, mais il devait s'agir autrefois d'une presqu'île. Pendant la Seconde Guerre mondiale, le génie militaire construisit une chaussée reliant la pointe sud de cette île à la terre ferme. La ville, d'une population de soixante-dix mille âmes, se trouve à une dizaine de milles vers le nord. Mr. Strangfeld amenait ses passagers à l'autre bout de la chaussée, d'où ils pouvaient prendre le tortillard de la ligne côtière qui, à l'arrêt suivant, les déposait dans le centre. Nous laissions notre voiture à la gare et la prenions le plus souvent pour nous rendre en ville.

Mon père allait au bureau ce matin-là. Aussi, rassemblant tout mon courage, je proposai à Zina une sortie en bateau. Elle était si belle dans son maillot de bain pékiné que j'osais à peine la regarder. Je la chargeai des écoutes de foc et elle eut tôt fait de s'en débrouiller. En un rien de temps elle sut comme un vieux de la vieille passer d'un bord sur l'autre en se baissant quand il le fallait. Je lui dis qu'elle ferait un bon marin, ce qui nous amena à parler du métier que nous voulions embrasser plus tard.

Elle voulait devenir un bon photographe, « pas célèbre, juste bon ». Et de préciser qu'elle n'avait pas encore tracé sa route, principalement en raison de ce qu'elle appelait le passage au chrome, la transition du noir et blanc à la couleur. Selon elle, la technique de la photographie en couleurs avait été trop tôt perfectionnée.

– Le noir et blanc avait encore de belles années devant lui. A présent, il est difficile de résister à la couleur. Beaucoup de photographes de qualité ne font que du noir et blanc, mais cela a quelque chose d'affecté, comme ceux qui tournent des films en noir et blanc. Avec la couleur, on peut ne jamais rien obtenir de valable ; cela a souvent un côté trop réel. Les bonnes photos n'ont rien de réel : elles sont des représentations de ta vision du réel.

Elle m'expliqua que la vérité lui était apparue un soir dans un restaurant de New York.

– Il y avait des photos noir et blanc sur le mur. Moi-même, le garçon assis en face de moi, les chaises, le sol, tout le reste était en couleurs. Seules ces photos faisaient exception, elles étaient l'unique refuge. L'art est un refuge contre la réalité.

Elle me demanda si j'étais doué pour quelque chose. Je répondis que je pensais être doué pour le bonheur.

– Comme mon père, ajoutai-je.

Elle remarqua qu'à ses yeux j'étais nettement plus grave que lui.

– Mon père est quelqu'un de très grave. Cela ne se voit pas parce qu'il a de l'humour et qu'il est aimable avec les gens.

– Toi aussi, Micha, tu es aimable quand tu le veux bien.

Je vis où elle voulait en venir. Comme je ne tenais pas à la suivre sur ce terrain, je lui demandai :

– Tu penses que je suis doué pour le bonheur ?

– Je pense que tu as des dispositions pour la bonté.

– En quoi est-ce que ça m'avance ?

– C'est une bonne chose pour ceux qui t'entourent.

– Une bonne chose pour toi ?

– Peut-être. Mais quand je disais que tu pouvais être aimable avec les autres...

– Tu pensais à Melissa.

– Cette fille t'aime.

– Moi, je ne l'aime pas.

– Si j'étais un homme, dit-elle, je ferais l'amour à chaque femme qui m'aimerait.

– Imagine que tu sois un acteur de cinéma et que des milliers de femmes en pincent pour toi.

– Je ferais l'amour une fois avec chacune d'entre elles. Ce serait une espèce d'exigence sacrée.

– Et quand elles voudraient remettre ça ?

– Je leur expliquerais que je me dois aux autres, et je les congédierais.

– Et si elles insistent ?

– Je leur dirais qu'elles sont déjà vernies de m'avoir eu une fois.

– Et que ferais-tu si je te disais que je t'aime ?

– Ma foi, Micha, je ne suis pas un homme. Une femme, pour faire l'amour avec un homme, il faut qu'elle soit amoureuse, vois-tu. C'est son exigence sacrée à elle.

– Bon, eh bien, je t'aime.

– Peut-être que oui, peut-être que non. Je vais te soumettre à un test. Est-ce que je peux lâcher ce cordage ?

J'amenai l'*Angela* dans le vent. Zina vint s'asseoir à côté de moi.

– Alors voilà, dit-elle, je vais t'embrasser sur les yeux, mais tu dois les garder ouverts.

– Vraiment en plein sur les yeux ?

– Oui, et si tu n'arrives pas à les garder ouverts, c'est que tu ne m'aimes pas.

– J'y arriverai.

– Pas le droit de les tenir ouverts à l'aide de tes doigts.

– Je sais. Allez, vas-y !

Elle me toucha l'œil du bout de la langue, me laissa battre des paupières, puis fit de même avec l'autre œil. Des larmes me roulaient sur le visage.

– Tu pleures pour de vrai, dit-elle.

– C'est que je t'aime pour de vrai.

Elle plongea par-dessus bord. J'étais parfaitement capable de manœuvrer le bateau tout seul, mais la soudaineté de la chose me causa un début d'affolement. Elle reparut aussitôt à la surface. Nous étions en pleine mer et le contact de l'eau profonde la surprit : dès que l'on mesure la hauteur et l'amplitude de la houle, on comprend que l'on est en son pouvoir. Les voiles se mirent à porter de nouveau, l'*Angela* commençait de s'éloigner. Tout en m'activant pour reprendre le contrôle du bateau, je vis se peindre sur le visage de Zina une expression qui était moins de frayeur que d'intense curiosité. Je voulais revenir sur elle avant qu'elle ne prît peur.

Revenir à un endroit donné avec un voilier n'est pas chose facile. On ne dessine pas une simple boucle comme on le ferait avec un bateau à moteur. Il faut exécuter la manœuvre dite de l'homme à la mer, qui consiste à décrire un huit. Si peu rationnelle qu'elle puisse paraître de prime abord, c'est la méthode éprouvée pour repêcher quelqu'un qui est passé à l'eau. Mon père me l'avait apprise. Je m'y étais exercé une fois et voici que je la répétais aujourd'hui. Zina crut d'abord que je m'éloignais pour de bon. Je ne cessais de lui crier :

– Ne t'inquiète pas. Je reviens.

Il fallut que je l'aide à remonter à bord. Nous n'échangeâmes pas une parole de tout le retour. Elle avait eu très peur.

Lorsque nous fûmes au mouillage, je lui demandai si elle voulait déjeuner avec maman et moi.

– Demande d'abord à ta mère si elle est d'accord.

– C'est contre ta mère qu'elle a une dent, cela n'a rien à voir avec toi.

Maman accepta de bon cœur et j'allai chercher Zina au pavillon.

J'aimais beaucoup les écouter. Chacune révélait la dame qui était en l'autre. Elles conversaient comme si je n'étais pas là. Zina demanda ce que faisait mon père (il était assureur à son compte), où nous habitions durant l'année (dans un appartement en ville), s'il s'agissait pour ma mère ou pour mon père d'un remariage (non), si ma mère comptait plus de femmes ou d'hommes au nombre de ses amis (plus de femmes), si elle avait un boulot, si elle exerçait une profession (non).

Zina déclara qu'elle était certaine de percer dans la photo.

Maman lui demanda comment elle pouvait le savoir.

– C'est parce que j'en ai tellement envie !

– Vous croyez que cela fonctionne de cette façon ?

– Dans mon cas, oui, dit Zina avec un sourire, ce qui fit rire maman.

Zina dit qu'elle était née à New York, ville qu'elle aimait beaucoup parce que « à moitié européenne ». Se croyant faite pour la philosophie mais découvrant peu après qu'elle était plus intéressée par les choses que par les idées, elle n'était allée qu'une seule année à l'université. Elle aimait le cap Bone parce qu'on n'y était pas obligé de porter des chaussures. Ses parents étaient séparés depuis six ans bien qu'ils fussent toujours mariés. Mr. Mertz était dans l'import-export et voyageait beaucoup. Zina n'avait pas l'intention de se marier avant un moment, à supposer qu'elle le fît jamais, et si elle devait avoir des enfants, ce ne serait pas avant l'âge de trente ans. Elle comptait plus d'amis que d'amies, tendance qu'elle projetait d'inverser.

– Car on a plus à apprendre des femmes ; les hommes ne vous apprennent des choses que sur eux-mêmes.

Elle savait que les hommes la trouvaient attirante, mais cela venait de ce qu'elle était autonome.

– C'est ce qu'ils préfèrent. Le moment venu, on se débarrasse plus facilement d'une femme indépendante.

– Je doute que vous le sachiez d'expérience, dit maman.

Zina se mit à rire.

– En fait, ce n'est pas moi qui dis cela, c'est ma mère.

J'étais très heureux que maman l'aimât bien. Je tenais à ce que tous ceux que j'aimais fussent proches : ma mère, mon père, Zina, Blackheart. Et peut-être Mrs. Mertz avait-elle aussi sa place.

En prenant congé, Zina dit encore :

– Je pense que vous avez un très chouette garçon.

– Je pourrais en dire autant à votre mère à propos de sa fille, répondit maman.

– Je voudrais que vous sachiez… enfin, je voulais vous dire… vous savez, vous n'avez rien à redouter de maman. Seriez-vous d'accord pour venir déjeuner avec nous ?

– J'en serais ravie.

J'admirai la promptitude avec laquelle ma mère avait fait cette réponse.

Zina lui déposa un baiser sur la joue, posa le doigt sur le bout de mon nez et s'en fut. Nous débarrassâmes la table en silence. J'étais certain que maman aurait quelque chose à dire, mais elle se taisait. Aussi, je finis par demander :

– Elle est sympa, Zina, tu ne trouves pas ?

– Très, dit-elle en se détournant.

– Tu crois qu'elle réussira ?

– A condition qu'elle ne se fourvoie pas.

– En quoi faisant ?

– En se mariant, en faisant des gosses et en renonçant à sa carrière. Il y a trente-six manières.

– Elle a dit qu'elle réussirait parce qu'elle le voulait très fort.

Maman se retourna avec humeur.

– Elle se trompe. Peut-être réussira-t-elle, peut-être ne réussira-t-elle pas, mais cela ne dépend pas de sa seule volonté. Ce n'est pas ainsi que vont les choses. Est-ce que tu comprends ça ?

– Non, pas vraiment.

– Écoute, Michael, tu vois peut-être Zina comme une fille de ton âge, mais il n'empêche qu'elle est une femme. Elle va te briser le cœur si tu ne t'ôtes pas cette idée de l'esprit. Dans la vie, on n'a pas ce qu'on veut simplement parce qu'on le veut. Non, on obtient seulement ce que la vie veut bien nous donner.

Elle gagna la galerie en claquant la porte derrière elle.

VII

UN SAUT EN VILLE

Le jour où ma mère alla déjeuner avec Mrs. Mertz et Zina, je me rendis en ville. Mr. Strangfeld me conduisit à la gare. A mes yeux il était aussi américain que vous et moi. Pourtant, comme il savait que j'étais né en Allemagne, il se plaisait à user avec moi de formules comme *Guten Morgen*, *Guten Tag* ou bien *Wie geht's?* Quand il passa me prendre ce matin-là, je l'accueillis d'un :

– Un bien beau *Morgen* que ce *Morgen* !

– *Ach, ja, sehr schön*, répondit-il, m'en donnant aussitôt la traduction : Oh, oui, très beau.

Et de fait, c'était une très belle matinée, fraîche, limpide, vivifiante.

Papa disait que cette ville avait exactement la taille qu'il fallait : suffisamment modeste pour que l'on n'y fût pas perdu, mais non pas petite au point qu'elle ne recelât ses mystères. Des gens riches étaient venus s'y installer au début du siècle. L'un d'eux avait construit l'université, un autre le musée des Beaux-arts. On appréciait l'endroit parce qu'on n'y trouvait ni usines ni manufactures.

Mon copain Hillyer, celui dont les parents étaient divorcés, habitait la campagne. Nous étions convenus de nous retrouver dans le centre. Lui voulait aller au cinéma à raison d'une séance le matin suivie de deux autres l'après-midi. Moi, je désirais aller au musée. Zina m'avait parlé des impressionnistes (« Ils peignaient non pas des objets mais une lumière ») et j'entendais m'emplir la tête de ce qu'il y avait dans la sienne, même si je ne tentai pas d'expliquer la chose à Hillyer. On coupa la poire en deux : la matinée fut consacrée au musée, puis, après le déjeuner, nous vîmes le film qui y était projeté, suivi d'un autre, cette fois dans un cinéma normal.

Si j'étais venu en ville, c'était principalement pour dîner avec mon père. Maman m'en avait suggéré l'idée et c'était toujours un grand plaisir pour moi. Quant à Hillyer, son projet était de passer la nuit avec sa petite amie. Comme il me l'expliquait dans sa dernière lettre, il était déjà venu en ville quinze jours plus tôt animé du même dessein, mais lorsqu'ils avaient ouvert la porte de la maison, ils avaient trouvé de la lumière à l'intérieur. Se pouvait-il que son père fût revenu d'Amérique latine ? Mon copain avait laissé son amie au coin de la rue et il était revenu voir de quoi il retournait. La maison avait été cambriolée. Il avait bien tenté de persuader la demoiselle d'entrer

(« On appellera la police plus tard »), mais celle-ci, trop commotionnée, n'avait rien voulu savoir et il avait finalement dû la raccompagner chez elle. Il avait eu du mal à lui faire accepter une seconde tentative et il se promettait d'aller inspecter les lieux au préalable afin de s'assurer que tout était clair.

Les toiles étaient superbes, sauf qu'il y en avait trop peu. J'achetai en guise de souvenir des reproductions de Monet sur carte postale. Le long métrage projeté au musée était un vieux film français, *Le Diable au corps*, qui racontait une liaison, pendant la Grande Guerre, entre un adolescent et la jeune épouse d'un soldat parti pour le front. A croire que ce film avait été choisi pour moi. Le deuxième était une reprise de *Lolita*. Hillyer fit observer que les deux couples avaient une grande différence d'âge. J'y vis un bon présage, même si les deux histoires finissaient mal.

Je souhaitai bonne chance à Hillyer avec sa petite amie et me rendis au *Bobo's Steakhouse*, vaste restaurant tout en boiseries de chêne. Le long du bar il y avait des dés dans des gobelets de cuir, que les clients lançaient pour décider qui payerait les consommations. Le maître d'hôtel me reconnut et me dit que mon père avait appelé : si j'arrivais le premier, on avait pour instruction de me placer, de déposer une bouteille de vin rouge sur la table, et si, quand personne ne me regardait, je me servais un verre, qu'y pouvait la législation sur les mineurs ? J'en étais à mon deuxième ballon quand mon père arriva.

Je le vis dès qu'il entra, de même que toute la salle le vit. Il était en smoking. Le maître d'hôtel le prit par la main et par le coude ; le barman s'inclina pour le saluer ; Bobo apparut en personne. Si vous n'aviez pas su que papa était un homme d'affaires, vous l'auriez pris pour une célébrité. Non seulement il était très bel homme, mais encore c'était à croire que les gens se réveillaient dès qu'il se trouvait dans les parages. Il ne faisait rien de particulier ; simplement, sa seule présence les faisait se sentir bien. Bobo et le maître d'hôtel l'accompagnèrent jusqu'à la table. Le grand cas qu'on y faisait de mon père était pour moi une raison supplémentaire d'aimer le *Bobo's*.

Papa m'expliqua qu'après le dîner il devait aller à la soirée d'inauguration d'un night-club. Les propriétaires étaient des clients à lui. Sans cela il m'aurait proposé de l'accompagner (« Je crois que ta mère entend que tu gardes un œil sur moi »). Il me conduisit à l'appartement et me dit de ne pas l'attendre, ce qui n'était de toute façon pas dans mon intention.

Notre appartement était un huit-pièces en duplex. On avait vue sur la mer de presque toutes les fenêtres. Cela faisait quatre ans que nous avions emménagé. La première fois que j'y avais mis les pieds, personne ne m'avait dit qu'il s'agissait d'un duplex. Faisant le tour du premier niveau, j'avais eu le sentiment que quelque chose clochait. Il y avait une cuisine, deux grandes pièces, une autre plus petite et une salle de bain. Où étaient les chambres à coucher ? Pour finir, j'avais découvert qu'il y en avait trois à l'étage, plus un grand débarras, seule pièce qui ne donnât pas sur la mer.

Je raffolais de notre maison du cap Bone, mais l'appartement était plus confortable. D'abord, on n'y était jamais à court d'eau chaude. Ma salle de bain comportait une baignoire de sept pieds de long, un bidet, qui mettait mes copains en joie, et un lavabo en marbre de la taille d'un bureau ministre.

Je caressai un moment l'idée de téléphoner à Hillyer pour lui demander comment il s'en sortait – c'était tout à fait le genre de plaisanterie dont il ne se serait pas privé –, mais, au lieu de cela, je me mis au lit avec l'exemplaire des poèmes d'Emily Dickinson que Melissa m'avait donné. J'y vis un poème qui n'avait jamais jusqu'alors retenu mon attention et, avant de sombrer dans le sommeil, je décidai d'offrir le recueil à Zina et de retranscrire en guise de dédicace ces vers sur la page de garde :

Folles nuits ! Folles nuits !
Si j'étais avec toi
Des nuits effrénées seraient
Notre richesse !

Inutiles sont les vents
Pour un cœur arrivé au port.
Et foin de la boussole !
Et foin des cartes !

En nageant jusqu'en paradis –
Ah, la mer!
Que ne puis-je en toi, cette nuit,
Jeter l'ancre!

Je m'éveillai à deux heures du matin, sans doute parce que je m'étais couché de trop bonne heure. Je me levai pour aller voir si mon père était rentré. Sa chambre était vide, mais une faible lueur montait d'en bas. Je descendis à pas de loup. De la lumière filtrait sous la porte de la chambre d'amis. Je pouvais entendre une présence à l'intérieur. Il fallait que je fusse ensommeillé car, le temps d'un instant, je crus que c'était Hillyer et sa copine, qui, pour une raison ou pour une autre, n'avaient pu rester chez lui. Pour finir, bien évidemment, je compris qu'il s'agissait de mon père. Je remontai me coucher. Était-il en compagnie de Mrs. Mertz ? Était-elle venue en ville ? Lui avait-il donné rendez-vous à la boîte de nuit ? Je ne voulais pas le savoir.

Quelques années auparavant, à l'époque où l'on commence de s'échanger à l'école des informations sur les choses de la sexualité, j'avais demandé à mon père si tout ce que j'entendais était vrai. Plus ou moins, m'avait-il répondu, ajoutant que lorsque deux personnes font l'amour, elles font quelque chose à partir de rien. Il n'avait pas dit un mot sur le mariage.

Je me réveillai tard le lendemain matin et demeurai

le plus longtemps possible au lit. Je ne tenais pas à tomber sur mon père. J'entrebâillai ma porte et tendis l'oreille avant de me risquer dans le couloir.

L'endroit paraissait désert. Dans la chambre de mes parents, la literie était défaite et un des oreillers présentait l'empreinte d'une tête. En bas, dans la chambre d'amis, le canapé convertible était replié. Cela sentait le tabac froid. Le cendrier avait été vidé, mais il était sale et je le nettoyai. Mon père ne fumait pas. J'étais en train de faire disparaître des preuves. Sur la table du salon, un billet : « Michael, si tu veux rentrer avec moi en fin d'après-midi, appelle au bureau. En revanche, si tu veux rentrer plus tôt, Mr. Strangfeld sera au train d'une heure. Tu n'as pas raté grand-chose hier soir. P. » Il signait toujours ainsi. Une fois, je lui dis que j'aurais préféré « Papa ». Il me répondit que « P» était l'initiale non pas de « Peter » mais, au choix, de « Pater » ou de « P'pa ».

Mr. Strangfeld me prit à la descente du train. Zina m'avait demandé de lui rapporter une feuille d'arbre – il n'y avait pour ainsi dire pas d'arbres sur le cap. Je cueillis une grande feuille d'érable sur le parking de la gare. En chemin, je demandai à Mr. Strangfeld s'il avait voituré quelqu'un d'autre, la veille.

– *Nein, keinen*, dit-il.

– *Danke*, dis-je.

– *Bitte*, conclut-il.

Donc Mrs. Mertz et Zina n'étaient pas venues en ville.

Maman m'accueillit à bras ouverts. Je lui racontai tout par le menu, sans toutefois évoquer la chambre d'amis. Elle goûta ma relation de l'entrée superbe de mon père au *Bobo's* et fit mine de réprouver le rendez-vous galant de Hillyer, même si, au vrai, elle trouvait la chose plutôt cocasse. Je lui demandai comment s'était passé le déjeuner avec Mrs. Mertz.

– Bien, se borna-t-elle à dire. Tu en apprendras sûrement plus de la bouche de Zina.

Je passai mon maillot de bain et portai la feuille d'érable au pavillon. Mrs. Mertz prenait un bain de soleil sur le devant tandis que Zina lisait sur la terrasse, de l'autre côté. Elle se redressa, bien droite, très grande dame, et me tendit sa main pour que j'y pose les lèvres.

Je lui donnai la feuille.

– Pourquoi te la fallait-il ?

– Pour que tu me reviennes.

– Et pourquoi ne serais-je pas revenu ?

– Tu aurais pu m'oublier au hasard de tes pérégrinations.

Je regardai ce qu'elle lisait : *Le Déclin du Moyen Age*.

Je brûlais de la mettre au courant au sujet de mon père. Ce secret partagé nous aurait liés. Seulement, si Mrs. Mertz apprenait qu'il avait des aventures, cela pouvait l'inciter à tenter sa chance.

Tout en faisant tournoyer la feuille au bout de sa tige, Zina me raconta le déjeuner.

– Elles étaient très copines. Elles ont parlé des problèmes que l'on rencontre quand on est mariée à un homme séduisant. Elles ont parlé de la charge d'entretenir deux maisons – nous avions nous aussi une résidence secondaire du temps où mon père vivait avec nous – et de la difficulté qu'il y a à élever un enfant unique et plein de dons.

– Maman a dit que j'étais doué ?

– Si fait.

– Est-ce qu'elle a dit quels sont mes dons ?

– Je suis ton don principal, Micha. Embrasse cette feuille.

Elle la tenait posée contre ses lèvres. Je fermai les yeux et me penchai en avant. Elle ôta la feuille et nos bouches se rencontrèrent.

VIII

LA FÊTE SUR LA PLAGE

Maman proposa aux Mertz d'organiser ensemble une fête sur la plage.

De sa propre initiative, elle invita Melissa à mon intention et suggéra à Mrs. Mertz et à sa fille de convier qui leur plairait. Je la soupçonnais de compter qu'elles inviteraient des amis hommes susceptibles de nous couper l'herbe sous le pied, à moi en ce qui concernait Zina, à mon père en ce qui concernait Mrs. Mertz. Melissa allait être un fardeau : avec elle dans les parages, je n'allais pas pouvoir m'occuper de Zina. C'est alors qu'il me vint une idée. Pourquoi ne pas faire venir Ari Galaktos, un de mes camarades d'école, coincé en ville pour toute la durée des grandes vacances ? Ari écrivait des poèmes et une de ses œuvres avait même été publiée. Peut-être Melissa tenterait-elle sa chance avec lui. De plus, il était plus grand qu'elle.

La fête fut prévue pour le samedi soir, à trois jours de là. En une après-midi, Sonya, Blackheart et moi ramassâmes suffisamment de bois flotté pour deux semblables soirées. Les courants qui longent le cap Bone déposent toutes sortes de choses sur la grève. Vous vous levez un matin pour découvrir sur le rivage des milliers de coquilles d'huîtres et de palourdes. Un autre jour, ce seront des pneus, des bouteilles, des poissons crevés, des cadavres de chiens et même, comme une fois, une carcasse de cheval, des flotteurs en liège et en plastique, des algues, du matériel de pêche, des méduses, et toujours beaucoup de bois, planches, longrines, bastaings, rondins, caisses, avirons. Du fait qu'il flotte, le bois se dépose de façon définitive sur la laisse de haute mer, alors que les autres épaves peuvent joncher la grève tel jour et avoir été emportées le lendemain.

Nous allâmes ramasser du bois sur un demi-mille de distance pour en faire un grand tas devant la maison. Sonya se contentait de surveiller les opérations, cependant que Blackheart soulevait dans sa gueule presque l'équivalent de son propre poids. La chienne le gratifiait d'un aboiement lorsqu'il déposait avec dévotion son fardeau devant elle. Se méprenant sur cet accueil, il se mettait alors à lui tourner autour. Elle lui pinçait la truffe d'un coup de dents, et lui décampait en direction de la maison, la queue entre les jambes, pourrait-on dire, si elle n'avait été trop courte pour cela.

Quand nous en eûmes terminé, Zina arriva avec son appareil photo et, dans le soleil de l'après-midi finissant, me fit poser tenant sous le bras un lot de branchages polis par les eaux. J'étais le chasseur exhibant son tableau de chasse. Je tenais ma main libre en visière ; je souriais en considérant fièrement tel madrier, particulièrement imposant ; je lançais un coup d'œil méfiant par-dessus mon épaule. Les extrémités d'une des branches ressemblaient aux bois d'un cerf. Puis elle installa l'appareil sur un trépied pour une photo de nous deux, moi la tenant par les cheveux, elle les bras ballants et les yeux clos. Plus tard, lorsque je lui montrerais le cliché, mon père dirait :

– Vous auriez dû inverser les rôles.

Mr. Strangfeld déposa Ari le samedi matin. Ari, un garçon de seize ans, avait un long visage sombre, d'épais sourcils noirs et des manières réservées.

– Il sera diplomate, dit un jour maman.

– Ou bien majordome, ajouta papa.

Une heure plus tard, Mr. Cuddihy débarquait Melissa sur la plage, côté baie. Ari et moi étions venus à sa rencontre pour l'aider à transporter ses affaires jusqu'à la maison. Alors que je la conduisais à sa chambre, elle me dit :

– J'ai quelque chose pour toi.

– Non, Melissa, je ne veux pas de cadeau.

– Ce n'est pas un cadeau. Tiens, dit-elle en me tendant une feuille de papier pliée en deux, c'est pour toi. Lis-le quand tu seras seul.

Je la laissai se changer et emportai la feuille dans ma chambre.

Pensées pour une fête sur la plage

Nous sommes tout seuls – tout au moins les autres
dorment-ils. Nous sommes l'un contre l'autre
et nous sourions. Aucune parole, rien que
des pensées, dont une pétille, et nous rions.
Un jour, je le crains, tu seras au loin
et ne me restera qu'un souvenir;
un autre jour, il aura disparu.
J'ouvrirai les yeux ce matin-là et
me lèverai, je m'habillerai puis,
passant la porte, verrai que j'ai oublié
un indispensable petit quelque chose,
mon peigne, mes clés, un journal ou un livre…
Une lueur accuse le noir des ténèbres :
une partie de moi se sera perdue.
Lors, me demandant ce que tu étais
et où tu étais, je m'abîmerai
en conjectures et tâtonnerai
en quête d'inexistantes ficelles
pour te ramener à la surface.
Qu'adviendra-t-il? Paroles que j'ai comprises,
et vérités que j'ai par toi connues,
ces feux solitaires qui viennent ajouter
un peu de lumière et de réconfort
sur la longue plage nocturne de
l'esprit, le flot capricieux de l'oubli
se soulèvera et les balaiera,

quand il t'a porté, toi qui au grand large
les allumais. Quelle main ruisselante
et gauche en ranimera les flammes?

Comme nous descendions l'escalier pour passer à table, je dis à Melissa que j'aimais bien son poème, ce qui était vrai. Mais ce n'était pas le sentiment principal qu'il m'inspirait : en gros, j'étais gêné qu'elle m'écrivît des vers.

Après le repas, je fis signe à Ari de venir dans ma chambre et lui demandai ce qu'il pensait de Melissa. Ari était toujours très poli. J'aurais aussi bien pu lui demander comment il avait trouvé le déjeuner. Je lui montrai le poème. Il le lut attentivement.

– Il est bon, dit-il. Prends le premier vers : *Nous sommes tout seuls – tout au moins les autres.* Il peut s'entendre de deux façons : les autres dorment, mais ils sont également seuls. Et j'aime beaucoup cette « longue plage nocturne de l'esprit ».

Il y voyait d'autres choses que je n'avais pas vues. Ensuite, il me demanda si je sortais avec Melissa.

– Elle est toute à toi, dis-je.

Il était prévu de prendre l'apéritif à sept heures sur la galerie du côté de la baie, puis de descendre sur la plage à huit heures. Zina et Mrs. Mertz amenèrent un invité, homme d'une cinquantaine d'années nommé Max Pondoro. Lui seul s'était habillé pour la circonstance : pantalon blanc, souliers bicolores, chemise en cachemire et blazer bleu marine. Mrs. Mertz, elle, avait compris l'esprit de cette soirée : elle était pieds nus et portait une paire de jeans avec une chemise d'homme élimée. Zina, en pantalon à pattes d'éléphant et chemisier bleu ciel, était très comme il faut.

Max Pondoro fit le baisemain à maman et lui dit combien il était gentil de sa part de l'avoir invité. Il fit le baisemain à Melissa et lui dit combien il la trouvait jolie. Il s'inclina légèrement en serrant la main de mon père, qui en afficha son grand sourire. Seul Ari se montra dans le ton : il s'inclina de même.

Je quittai la galerie à sept heures et demie pour aller allumer le feu. Zina m'accompagna.

– Ma mère est tout simplement géniale, me dit-elle. Tu as remarqué comment Max opère avec la tienne ?

– Non, mentis-je.

– Eh bien, tu vas voir au cours de la soirée. Maman lui a demandé de se montrer charmant avec elle.

– Dans quel but ?

– Pour qu'elle se sente désirable. Reconnais que Max est fait pour l'emploi.

– Ma mère se sent tout à fait désirable. Elle est tout à fait désirable. Elle n'a pas besoin qu'un pantin vienne lui faire le baisemain.

– Micha ! Maman essaie seulement d'être agréable. Elle s'est dit que ta mère était toute retournée et qu'elle avait besoin qu'on lui remonte le moral.

– Retournée, elle l'a été, mais maintenant c'est terminé.

– Micha, tu es fâché après nous. Nous t'aimons et nous aimons ta mère. Approche !

Elle m'attira à elle et m'enlaça pour me serrer contre elle. Puis, me tenant à bout de bras :

– Sans rancune ?

– Sans rancune, maugréai-je.

Je voyais bien qu'elle agissait avec moi comme ce Pondoro avec ma mère. Mais je ne lui en voulais pas. Son corps était souple et ferme, et je sentais l'odeur de sa savonnette.

Quand le feu eut pris, j'en retirai une planche goudronnée qui dégageait beaucoup de fumée. Sinon, il était parfait, suffisamment grand pour être plaisant, mais pas si chaud qu'on ne pût y faire cuire le repas. Nous avions des saucisses, des hamburgers, des boules de guimauve, du vin et de la bière. Mrs. Mertz apporta une thermos de martini frappé et mon père une bouteille de scotch. Le temps était frais et sec, et il n'y avait pas d'insectes. On chanta tous ensemble *Frère Jacques*, *Dona nobis pacem*. Tout le monde donnait des bouchées de viande aux chiens et Blackheart finit par vomir. Papa, Zina et moi partagions une couverture ; Ari et Melissa en occupaient une autre ; Mrs. Mertz, accroupie, attisait le feu avec un bâton tout en sirotant un martini. Et, comme de juste, Max Pondoro faisait du boniment à ma mère. Elle riait. Ma foi, quel mal y avait-il ?

A la lueur du feu, Zina revêtait une nouvelle sorte de beauté : son visage hâlé se parait de rouge et ses yeux étaient d'un noir lustré. Elle raconta l'histoire d'une sorcière que son amant abandonne pour une autre femme. Elle se change en cochon et se mêle aux autres cochons de cet homme. Elle est le plus beau, le plus gras de tous et, quand Noël arrive, il la choisit pour le repas du réveillon. Mais juste avant d'être tuée, elle mange les feuilles d'un buisson de jusquiame qui pousse à l'orée du bois et, après avoir dégusté sa chair, le couple connaît une mort atroce.

– Quelle est la morale de l'histoire ? demanda mon père. Abstenez-vous de consommer du porc ou bien évitez de coucher avec une sorcière ?

– Ce serait plutôt, dit maman, garde-toi de celle qui se change en cochonne.

– Je crois, dit Melissa, que la morale de cette histoire est que l'amour vaut qu'on meure pour lui.

– C'est vous qui nous l'avez racontée, dit mon père à l'adresse de Zina. Quelle en est la morale ?

– C'est Melissa qui détient la bonne réponse.

Le feu n'était plus qu'un lit de braises. Papa proposa une promenade le long de la plage. Maman s'était endormie. Max Pondoro et Mrs. Mertz dirent qu'ils allaient rester à veiller sur elle. Au creux des vagues, les eaux noires étaient parcourues de phosphorescences. Des nuages défilaient devant la lune. Melissa, qui marchait derrière nous en compagnie d'Ari, se mit à dire un poème de Matthew Arnold, « La plage de Douvres » :

Les eaux sont calmes ce soir.
C'est la pleine mer, la lune est blanche
Au-dessus du détroit.
Ah, mon aimée, soyons-nous fidèles.
Car le monde, qui semble s'étendre devant nous
Comme un pays de rêves
Si variés, si nouveaux, si beaux,
Ne renferme ni joie ni amour ni lumière
Ni certitude ni paix ni secours contre la douleur…

Ce poème était très beau, mais il ne faisait pas justice au monde. Le monde en ce moment, c'était Zina, mon père et moi, qui foulions cette plage parfaite par une nuit parfaite. C'était ma mère, sereine. C'était Mrs. Mertz contemplant les tisons. C'était Melissa et Ari qui se découvraient l'un l'autre.

Cela, mon père l'éprouvait aussi.

– Combien nous sommes chers les uns pour les autres ! dit-il.

Et Zina de même :

– Seuls, nous pourrions aussi bien mourir. N'est-ce pas, Melissa, le sens de ce poème ?

– Oui.

Quand nous revînmes près du feu, il n'y avait plus là que Mr. Pondoro. Mrs. Mertz était partie se coucher. Quand maman s'était réveillée, elle avait voulu savoir où tout le monde était passé. Mr. Pondoro avait bien essayé de le lui dire, mais elle n'en avait rien cru. Elle avait déclaré qu'elle remontait au pavillon pour se rendre compte par elle-même, et il ne l'avait pas revue depuis.

Cela mit un terme à la soirée. Mais la nuit n'en était pas terminée pour autant. Je me réveillai à je ne sais quelle heure. La lune avait disparu, la chambre était plongée dans le noir. Blackheart gémissait, une patte posée sur ma poitrine. Il y avait quelqu'un dans le lit à côté de moi. Je crus d'abord qu'il s'agissait de ma mère, qui, allez savoir pourquoi, me tenait toujours pour un bébé. Puis je pensai à Zina, qui avait fini par comprendre à quel point je l'aimais. En fait, il s'agissait de Melissa.

– Est-ce que je fais bien d'être ici ? murmura-t-elle.

Elle glissa les bras autour de moi et m'embrassa. L'ennui, c'est qu'au moment où je m'étais réveillé, j'étais en train de faire un rêve érotique. Je n'aurais pas plus été en mesure de repousser Melissa que je n'aurais pu interrompre ce rêve. Elle sentait si bon. Nous ne fîmes rien d'autre que nous embrasser, mais c'était bien réel. Je la serrai dans mes bras et nous échangeâmes encore des baisers. Puis je me rendormis. Lorsque je m'éveillai le lendemain matin, elle était partie.

Après le déjeuner, mon père et moi reconduisîmes Melissa, Ari et Mr. Pondoro en ville à bord de l'*Angela*. Sur le quai, Melissa m'étreignit la main en murmurant :

– Écris-moi pour me dire tes pensées.

Ari me serra dans ses bras et me dit à l'oreille :

– Merci.

Je me demandais bien de quoi il me remerciait.

Sitôt sur la plage, j'aurais voulu foncer directement au pavillon, mais je me retins jusque vers le milieu de l'après-midi.

Je trouvai Zina seule sur la terrasse.

– Micha, il y a une chose que je voudrais te dire sur toi-même. Tu es présentement plus âgé que tu ne le seras dans quelques années. A ce moment-là, tu te sentiras plus jeune et tu sauras mieux t'amuser. Tiens, un exemple : pourquoi avoir laissé Ari te soulever Melissa ?

– Il ne me l'a pas soulevée.

– Micha, j'étais là, j'ai bien vu. Et tu n'as pas levé le petit doigt.

– Elle est venue dans ma chambre cette nuit. Elle est venue dans mon lit.

– C'est bien vrai ?

– Oui.

– Eh bien, Micha, fit-elle avec un petit sourire espiègle, j'espère que tu t'es conduit en gentleman.

– Non. Je ne me suis pas conduit en gentleman.

– Tu ne m'as pas comprise. J'espère que tu ne lui as pas dit de partir. Car cela n'aurait vraiment pas été d'un gentleman.

Elle était si contente d'elle-même. Je l'aurais volontiers giflée. J'appelai Blackheart et repartis à grandes enjambées vers la maison. Il courait à côté de moi, jappant et folâtrant.

IX

DE L'AMOUR

L'après-midi suivant, Mr. Strangfeld déposa Hillyer à la maison. Hillyer était un grand costaud, avec la tête un tout petit peu petite. Il faisait plus de six pieds pour cent quatre-vingt-dix livres. Presque uniquement du muscle, ce qui était une énigme à mes yeux, car il n'était pas vraiment le genre sportif. Ma mère adorait le regarder manger. Ce soir-là, elle fit rôtir deux poulets et il en mangea un à lui tout seul. Mon père, quant à lui, aimait bien jouer les faire-valoir avec mon copain. Je crois que c'est dans cet esprit qu'il lui demanda si les garçons, à l'école, se tracassaient beaucoup au sujet des maladies vénériennes.

– On s'en tient plutôt aux demoiselles qui sont vierges, monsieur.

Papa lui demanda ce qui arrivait après qu'elles avaient cessé de l'être.

– On va voir ailleurs, monsieur.

– Y en aurait-il une réserve inépuisable ?

– Oui, si on sait où chercher.

– Et où cela ?

– Parmi les filles plus jeunes, monsieur. On arrive toujours à trouver chez les plus jeunes.

– Même là, cela doit avoir ses limites.

– A mesure qu'on descend l'échelle des âges, une partie d'entre nous se désintéresse. Ainsi la demande n'excède-t-elle jamais l'offre, si vous voyez ce que je veux dire, monsieur.

Le lendemain matin, quoique le ciel fût dégagé, une forte brise de mer faisait voler le sable sur la plage. Au lieu d'aller nous baigner, nous optâmes pour une sortie à la voile dans la baie. Lorsque les vents sont à l'est, ils lèvent un clapot assez court sur l'océan, mais les eaux de la baie restent plates. A quatre, nous faisions exactement le poids qui convenait à l'*Angela*, et elle taillait vraiment sa route. Hillyer était bon marin et chacun prit son tour de barre, même maman.

Après le déjeuner, Hillyer, Blackheart et moi fîmes une promenade jusqu'au bout du cap. Le seul objet remarquable de la balade était l'épave du *Rita M.*, navire qui fit côte lors de la grande tempête de 1938. Sa coque était restée posée bien en vue sur la grève jusqu'à la dernière guerre, époque où, afin d'endiguer l'érosion, le génie militaire construisit, à partir de l'extrémité du cap et pointant vers le large, une jetée en pierre longue de deux mille pieds. Il en résulta que le sable apporté par les courants s'amassa peu à peu. Le niveau du sol s'éleva et l'épave se trouva en grande partie ensevelie. On n'en voyait plus à présent que le gaillard, pointant de guingois vers le ciel.

Nous nous assîmes à côté de ce vestige. Blackheart alla renifler les tôles rouillées et y lever la patte. Hillyer tira de sa poche un peu d'herbe. C'est spécial, la marijuana, sur une plage déserte, baignée d'un grand soleil. Il n'y a pas grand-chose pour accrocher le regard. Les vagues et la nébulosité prennent alors une grande importance. A mesure qu'ils défilaient au-dessus de nous, Hillyer et moi nous mîmes à choisir nos nuages préférés et à comparer leurs mérites respectifs.

Il se trouvait que la petite amie de Hillyer se prénommait Rita. Il avait d'abord cru que je le faisais marcher avec cette histoire du *Rita M.* Comprenant maintenant que je ne connaissais pas le nom de sa copine, il trouva la coïncidence fantastique, surtout après quelques bouffées supplémentaires. Il dit que les mamelons de Rita étaient comme les molettes d'un coffre-fort. Actuellement, la combinaison en était de deux tours à gauche sur le droit et trois tours à droite sur le gauche.

– Mais ça change sans arrêt. Alors, il faut faire des essais.

Je lui demandai s'il était amoureux de Rita. Il me répondit qu'il ne croyait pas à l'amour et que, si l'on n'y croyait pas, on ne pouvait être amoureux.

– C'est comme les péchés mortels : si on n'y croit pas, on ne peut pas en commettre.

On était catholique chez les Hillyer.

Je lui fis remarquer que cette logique ne tenait pas pour ce qui était, par exemple, des maladies.

– Je vais te poser une question, poursuivis-je. Si tu te trouvais en compagnie de ta mère et de Rita à bord d'un navire en train de sombrer, laquelle des deux sauverais-tu si tu devais choisir ?

– Ma mère est chiante comme la pluie.

– Ton père, alors.

– Chiant comme la pluie.

– Y a-t-il quelqu'un que tu sauverais à la place de Rita ?

– Hannah.

– Qui c'est ?

– La sœur de Ben Fogarty.

Ben était dans notre classe.

– Pourquoi est-ce elle que tu sauverais ?

– Tu l'as déjà vue ? Si tu la voyais, tu la sauverais.

– Es-tu amoureux de Hannah ?

– Je crois pas à l'amour, je te dis.

– Ça veut dire quoi, ça, « je crois pas à l'amour » ? Tu penses que quand les gens disent qu'ils sont amoureux, ils n'éprouvent pas ce qu'ils croient éprouver ?

– Répète-moi ça.

– Tu te fais plus bête que tu n'es.

– Bon alors, toi, vas-y, dis-moi ce qu'est l'amour.

– Aimer une fille, c'est pas seulement avoir envie de baiser avec elle. C'est avoir envie d'être en sa compagnie, envie de l'écouter parler, de penser à elle. Tu chéris tout ce qui vient d'elle, une chaussure, un mouchoir…

– Un pet.

– Tu trouves ça impec ?

– Un pet, répéta-t-il, se soulevant sur une fesse comme pour lâcher un vent.

– Oh, déconne pas !

– Bon, et ça t'avance à quoi d'être amoureux ?

– Quand on est amoureux, on baigne dans un état d'exaltation.

Il prit une taffe.

Je pris une taffe et décidai de lui parler de Zina. Dès qu'il entendit ce nom, il se mit à psalmodier : « Zin-a ! Hann-ah ! Rit-a ! » et nous éclatâmes de rire. Nous entrâmes d'un pas titubant dans l'eau pour nous remettre les idées en place. Hillyer se cassa la figure et ce fut une nouvelle crise de fou rire.

Une excursion jusqu'à la pointe impliquait une balade sur les Rochers. Ainsi appelait-on cette jetée que les ingénieurs militaires avaient construite à l'aide de blocs de basalte détachés à la dynamite sur des falaises du continent. Certains pouvaient atteindre sept pieds de long. On pouvait voir les trous de forage où les charges avaient été placées. Ils avaient été transportés depuis la grève à l'aide d'une voie ferrée étroite, dressée sur pilotis le long du site de la jetée. Les pieux étaient toujours là, hérissant la surface. Après une grande marée ou de fortes pluies, les algues qui recouvraient les blocs étaient gorgées d'eau et dangereusement glissantes. On entendait de temps en temps parler d'un pêcheur à la ligne qui avait glissé et s'était noyé. Humides ou pas, il fallait mieux s'y aventurer nu-pieds, et des orteils robustes et préhensiles étaient encore un avantage. Ce jour-là, les Rochers étaient brûlants et secs. Les algues, tout aplaties et poisseuses, offraient une prise supplémentaire.

Cependant, même ainsi, l'expédition restait périlleuse. Vers le bout il y avait un passage appelé les Trois-Crêtes, où plusieurs blocs avaient été posés de travers. Au lieu d'offrir un plan horizontal, ils dressaient un angle aigu vers le ciel. Pour les franchir, il fallait se mettre à califourchon et progresser à quatre pattes. La première fois que je m'y étais risqué, mon père, qui m'accompagnait, s'y était engagé à reculons pour me montrer comment faire. Assis sur l'arête, les jambes pendant de chaque côté, j'avançais très lentement en prenant appui sur mes mains. Je m'attendais à ce que mon père soit déçu mais, bien au contraire, il m'avait étreint l'épaule comme il faisait chaque fois qu'il était fier de moi. Au retour, je suis passé debout. C'était l'été de mes huit ans.

Arrivé aux Trois-Crêtes, je ne pus persuader Hillyer de s'y engager. L'idée me traversa l'esprit que sa prudence était d'une certaine manière liée à sa négation de l'amour. Et je me dis également qu'il n'existait pas un père comme le mien. Blackheart ne tentait jamais de franchir ce passage. Il prenait position sur le dernier bloc plat et restait là à gémir jusqu'à ce que je revienne. Aujourd'hui, il n'était pas mécontent d'avoir un autre trouillard pour lui tenir compagnie.

Au cours du dîner, Hillyer demanda à mon père s'il croyait en l'amour, puis il inclut maman dans sa question :

– Et vous, madame ?

– Le sentiment amoureux ? fit papa.

– Oui, le sentiment amoureux.

– Pourquoi cette question ?

Je crois que papa y vit le début d'un de ces numéros dont Hillyer avait le secret.

– Parce que Michael y croit et moi pas.

– Tu me demandes si je crois en son existence ou bien si je le recommande ?

– Les deux, monsieur.

– Beaucoup de gens affirment l'avoir éprouvé.

– Et vous, monsieur ?

– Hillyer, ma chère et tendre est là près de moi. Si je ne l'avais jamais éprouvé, est-ce que je le dirais ? D'un autre côté, si je l'avais éprouvé souvent, est-ce que je le dirais ? Néanmoins, la réponse est oui, assurément.

Mon père parut déçu de voir l'échange tourner court. De toute évidence, Hillyer souhaitait vraiment connaître son avis sur la question.

Après le repas, mon père prit un livre et s'étendit sur le canapé. Hillyer dit qu'il allait faire la vaisselle. Maman le cantonna à l'essuyage. Je descendis à la plage avec Blackheart. En fin de journée, j'allais toujours voir comment était la mer. Ce soir-là, elle était inhabituellement calme. Des vaguelettes brisaient paisiblement sur le rivage. Par de telles soirées d'été, je me disais que l'océan était factice. Comment quelque chose dont le corps était aussi vaste et aussi pesant pouvait-il avoir le bout des doigts aussi délicat ?

Je n'entendis pas Zina approcher et sursautai lorsque sa main se posa sur mon épaule. Le crépuscule lui colorait le visage de bleu et de rose. L'espace d'une seconde, j'aurais pu l'embrasser. J'ignore pourquoi je ne le fis pas. Ç'aurait été l'acte d'amour parfait. Elle se baissa, ramassa un coquillage et le lança à ras de l'eau, face concave tournée vers le haut. Il fit deux ricochets, flotta un instant, puis sombra. J'en lançai un à mon tour, face convexe vers le haut ; il s'éleva sur son coussin d'air, redescendit, accrocha l'eau et s'abîma. Des mouettes venaient tourner au-dessus de nous, croyant qu'il y avait quelque chose pour elles.

Zina me prit la main comme on prend la main d'un enfant, elle la regarda et dit :

– Toi, depuis quelque temps tu m'évites. Tu m'en veux.

Je lui dis qu'elle se trompait.

– Micha, il y a une chose que je voudrais essayer de t'expliquer. Je sais que tu n'aimes pas que je te parle de Melissa, mais il faut que tu saches qu'au début j'étais un peu triste pour elle. Par la suite, quand tu m'as dit ce qui s'est passé la nuit après la fête, j'ai décidé qu'elle était assez grande pour se débrouiller toute seule. C'est plutôt pour toi que j'aurais dû m'en faire. Je ne suis pas en train de te dire que tu devrais être reconnaissant à Melissa. Non, ce que je veux te dire, c'est de ne pas brûler tes vaisseaux. Donne-toi une chance, donne une chance à Melissa. Il est possible que tu ne sois pas de cet avis en ce moment, mais – écoute-moi ! Ne détourne pas les yeux ! – il se pourrait bien que te vienne l'envie de refaire ce que tu as fait cette nuit-là. Tout ce que je te dis, c'est : Ne brûle pas tes vaisseaux. Tu ne vas pas te frapper pour ça, non ?

– Je ne veux pas le refaire.

– Peut-être pas maintenant.

– Ni maintenant ni jamais. Tu cherches à te débarrasser de moi.

– Micha, mais non ! Entendu, on n'en parle plus. Mais ne sois pas fâché après moi. J'essayais seulement de t'aider. Allons, dis-moi que tu n'es pas fâché.

Le souffle court, je ne pus que dire :

– Viens à la maison, que je te présente mon copain.

Tandis que nous foulions le sable fin, elle me prit à nouveau par la main et dit :

– Fais attention à toi. Tu prends les choses trop à cœur.

Et je fais comment pour faire attention ? me dis-je en moi-même.

Tout le monde se trouvait sur la galerie du côté de la baie.

– Ah ! vous l'avez trouvé, dit maman.

Mrs. Mertz était là, qui tirait sur une cigarette. Ses

yeux brillaient d'une lueur froide. On aurait dit un vampire.

– Pour ma part, disait-elle, je raffole de ça, j'en raffole de bout en bout, y compris la peine de cœur. Pour moi, être amoureuse, c'est comme de remonter la côte de Californie en voiture. On se dit que tout va aller comme sur des roulettes…

– Oui, dit maman, mais le jour où ça se termine ?

– Le secret, c'est de remettre ça aussi sec.

– Vous voulez dire que vous êtes capable de tomber amoureuse à volonté ?

– Si vous avez des prédispositions, si vous fonctionnez sur ce mode, si vous recherchez l'amour… alors l'amour vous trouvera.

– A vous entendre, c'est un peu comme d'être en chaleur. Comment peut-on tomber amoureuse à volonté ? Il y faut tout de même quelqu'un d'autre, non ?

– Bien sûr, dit Mrs. Mertz, prenant le temps de boire une gorgée avant de poursuivre. Disons qu'à mes yeux certains ont cette capacité en venant au monde, et d'autres non.

– Je ne comprends toujours pas pourquoi on en fait si grand cas. Est-ce une si bonne chose que de s'exposer ainsi ?

– Est-ce une bonne chose que de prendre des risques ? Si l'on ne tente pas la chance, on n'a pas une chance. L'amour, c'est comme le beurre, ça rend tout meilleur.

Hillyer, assis sur une chaise longue à l'angle de la galerie, s'adressa à mon père :

– Vous ne m'avez pas dit, monsieur, si vous recommandiez l'amour.

– Je le recommande au genre humain, Hillyer, mais non pas à chacun de ses membres. L'amour et ses œuvres furent destinés à adoucir la condition humaine. Je suppose qu'il fut des temps où il s'en fallut de peu que l'homme ne baissât les bras. Toutes les consolations sont bonnes à prendre. Qu'est-ce que vous en pensez, Zina ?

– Pour moi, maman décrit là quelque chose de très plaisant, mais qui ne me paraît pas être l'amour.

– Ha ! approuva ma mère d'un ton de satisfaction.

– Vous parlez d'expérience ? s'enquit mon père.

Zina resta coite.

– Eh bien ? insista-t-il.

– Peut-être Zina n'a-t-elle pas envie de répondre, dit maman. Quant à moi, je ne pense pas que l'amour soit destiné à adoucir la condition humaine ; je pense qu'il est inhérent à la condition humaine. Tantôt il s'épanouit et tantôt il tourne court, comme la plupart des choses de la vie. Mais il est toujours une illusion. L'être aimé ne se montre pas à la hauteur de l'attente de l'autre, et quand l'amour persiste par-delà la déception, il devient de surcroît une prison.

– Pourquoi l'être aimé ne se montre-t-il pas à la hauteur ? demandai-je.

– Parce qu'on attend beaucoup de lui et qu'il est faible – et, s'adressant à mon père : Dis-le-lui, toi !

Comme il ne répondait pas, elle répéta :

– Dis-le-lui !

– Oui, c'est vrai, finit-il par dire.

Un ange passa.

– Rentrons, fit maman au bout d'un instant, à l'intérieur nous y serons à l'abri des moustiques.

Il n'y avait aucun moustique. Mrs. Mertz et Zina prirent congé et regagnèrent le pavillon. Nous rentrâmes. Maman se versa un verre et en servit un à mon père.

– Hillyer, dit-elle, si vous voulez parler encore de l'amour, allez-y.

– Non, madame, vous et Mrs. Mertz avez fait le tour de la question.

Cela eut le don d'amuser maman. Le sujet était clos. Nous fîmes une partie de scrabble. Plus tard, comme nous montions l'escalier, Hillyer me glissa qu'il sauverait Zina avant Hannah. « Zin-a ! Zin-a ! Zin-a ! », psalmodiait-il.

X

POUR MON BIEN

Je me réveillai tard le lendemain matin. Maman et Hillyer étaient en train de prendre leur petit déjeuner. Leur conversation s'interrompit lorsque j'entrai dans la cuisine. Je demandai où était papa. Mr. Strangfeld était passé le prendre en même temps que Zina et Mrs. Mertz. J'étais fâché et déçu que Zina ne m'eût pas fait part de ses projets.

Je demandai à ma mère pourquoi Zina et Mrs. Mertz étaient allées en ville. Elle répondit qu'elle n'en savait rien. Je lui demandai quand elles rentreraient.

– Michael, je n'en sais rien.

– Quand papa doit-il rentrer ?

– Demain.

– Il devait se rendre au bureau ?

– Écoute, Michael, tu leur demanderas tout ça à leur retour. Je ne suis pas chargée du secrétariat.

Tout à coup, Hillyer me proposa de rentrer en ville

avec lui et de passer la nuit chez lui. Je m'attendais à ce que ma mère y mît son veto, mais elle accepta. Un peu plus tard, quand nous fûmes seuls, je demandai à Hillyer de quoi elle et lui avaient parlé.

– De toi.

– J'en étais sûr. Et à quel propos ?

– Elle voulait savoir ce qu'il y a entre Zina et toi.

– Elle pense qu'il y a quelque chose ?

– Elle a dans l'idée que tu vas te ramasser.

– Et quoi d'autre ?

– Elle m'a demandé de t'inviter chez moi.

– Elle compte que tu me détournes de Zina ?

– Tel est notre plan.

– Ma propre mère… fis-je, vaguement amusé.

Nous arrivâmes chez Hillyer à six heures du soir. J'étais chaque fois frappé par les dimensions de son salon, la hauteur du plafond, le nombre des fenêtres. La moitié supérieure de celles-ci était normalement vitrée, mais leur partie basse était en vitrail ; le matin, quand le soleil donnait dessus, cette pièce avait tout d'un kaléidoscope.

Hillyer commanda des pizzas par téléphone, des pizzas « avec de tout ».

– Sans anchois, lui lançai-je.

– Pas d'anchois, dit-il.

Puis il passa un coup de fil à Rita. Son idée était qu'elle passe dans la soirée avec une copine à mon intention. Après avoir englouti ma pizza, je cherchai « Mertz » dans l'annuaire. D'après l'adresse, c'était à une dizaine de minutes à pied. Je composai le numéro, mais la ligne était occupée.

– Dis, annonçai-je à Hillyer, je vais faire un tour là-bas, histoire de dire bonjour. Je ne serai pas long.

La maison de Zina était un ancien relais de poste. Située sur le front de mer, environnée d'arbres, elle ressemblait plus à Zina qu'à sa mère. Un homme en veste de tweed, aux yeux bleu délavé, vint m'ouvrir.

Je me présentai :

– Je suis un ami de Zina.

– Moi aussi. Entrez. Zina est sortie. Sa mère est en train de se faire un raccord. Je m'appelle Jack Packard.

– Micha, ça alors ! Quelle délicieuse surprise !

Mrs. Mertz, en kimono rouge, se tenait sur le seuil du séjour.

– Je te présente Mr. Packard. Jack, Micha habite juste à côté de chez nous à la plage. Si je ne venais pas de me mettre du rouge à lèvres, je te ferais un gros baiser. Viens me faire une bise sur la joue. Jack, prépare-nous un verre ! Et ne te laisse pas abuser par l'air enfantin de Micha. Qu'est-ce que tu bois, Micha ? Une vodka ? Parfait. Et une autre pour moi. Je n'ai pas arrêté de la journée. Encore à l'instant, c'était le père de Zina qui appelait d'Europe. Quelle jubilation que de raccrocher au nez d'un type qui vous téléphone de l'autre bout de la terre ! Zina est sortie. Je sais bien que tu n'es pas venu pour voir la vieille peau.

– C'est pour vous deux que je suis venu, madame Mertz.

– Comme c'est gentil ! Ma foi, tu vas devoir te contenter de moi. Je sors dîner avec Jack. Lui et moi aurons toute la soirée pour bavarder. Viens me faire la causette pendant que je me change. Jack, tu nous apportes nos verres et tu t'esquives : ce garçon et moi avons à discuter de certaines choses. Micha, viens par ici.

La chambre à coucher ressemblait davantage à Mrs. Mertz. Une coiffeuse juponnée d'un tissu à ramages, un fauteuil capitonné à haut dossier, où elle me fit signe de m'asseoir, un lit défait, des draps roses, une odeur de parfum et de cosmétiques.

Elle passa dans la salle de bain, laissant la porte entrebâillée.

– Pourquoi n'es-tu pas venu ce matin, en même temps que nous ?

– Je ne savais pas que vous alliez en ville. Zina vous accompagne au restaurant ?

– Non. Et toi, tu dînes avec ton père ?

– Non. Je ne sais pas ce qu'il fait. Est-ce que vous et Zina rentrez demain ?

– Moi, oui. Pour Zina, je ne sais pas. Ton père passe me prendre à midi. C'est pour ses affaires qu'il vient en ville ?

– Oui, le plus souvent. Est-ce que Zina a prévu de dîner avec quelqu'un ?

– A vingt ans, ces demoiselles en disent le moins possible à leur mère. Est-ce que ta mère est venue avec toi ?

– Non. Zina m'a dit qu'elle avait vingt et un ans.

– C'est pour bientôt. Ça ne doit pas plaire à ta mère, de rester toute seule là-bas.

– Ça ne la dérange pas, tant que ça ne se reproduit pas trop souvent. Zina vous a accompagnée parce qu'elle n'avait pas envie d'être seule ?

– Ton père m'a dit qu'il est dans les assurances. Je ne vois pas trop ce que ça peut être.

– Il trouve à chaque client son transporteur et à chaque transporteur ses clients. Il ne vend pas de polices d'assurance. Il est plutôt, disons, un expert dans le domaine. Il a son propre cabinet.

Rien à faire : elle voulait parler de mon père, moi de sa fille.

– Ces photos, sur le mur, elles sont de Zina ?

Il y en avait dix, toutes en noir et blanc. Chacune montrait un vase, bien net au premier plan, et, floue à l'arrière-plan, une portion de nu féminin. L'idée était de jouer sur l'opposition des lignes et des plans.

– Oui, c'est elle qui les a faites, dit Mrs. Mertz – et, passant la tête par l'entrebâillement de la porte : Tu reconnais le modèle ?

– Zina ?

– Non, mon cher. *Moi*[1]. J'espère que ça te fait rougir.

Et sa tête disparut à l'intérieur de la salle de bain.

En effet, j'étais rouge de confusion. Non pas parce

1. En français dans le texte.

que c'était Mrs. Mertz qui figurait sur ces photos, mais parce que j'avais pensé qu'il s'agissait de Zina.

Mr. Packard entra avec nos verres. Il me donna le mien et, à l'aveuglette, tendit le sien à Mrs. Mertz.

– Inutile de te voiler la face, Jack. Micha, là-dehors, est en train de regarder plus ou moins la même chose.

Elle reparut, toujours en kimono, sans que sa mise eût varié, hors qu'elle était nu-pieds. Ayant tiré du placard une courte robe noire, elle dit : « Ferme les yeux ! » Et deux secondes plus tard : « Tu peux regarder ! » La robe était brillante et près du corps. Toute simple. A part cela, Mrs. Mertz portait des perles et des souliers noirs à talon haut. Elle se mit à prendre des poses, les mains sur les hanches, se tournant d'un côté et de l'autre, mais sans me quitter des yeux.

– Eh bien, quel est le verdict ?

– Innocente.

– Ça, ça m'étonnerait. Micha, voyons voir si j'arrive à deviner tes pensées. Tu te dis qu'en jeans Zina est beaucoup mieux. Pas vrai ?

Je hochai la tête. Elle disait vrai ; pourquoi ne pas le reconnaître ?

– Tu te dis… tu te demandes s'il viendra jamais un temps où tu trouveras à ton goût une femme habillée de la sorte.

Elle avait mis dans le mille.

– Quoi d'autre ? Pour le reste, je donne ma langue au chat. Tu n'es pas obligé de proférer des paroles offensantes, mais je suis certaine qu'il y a autre chose.

– Ce que je pense, c'est que j'ai vu cent fois ma mère s'habiller pour sortir le soir et que jamais elle n'a été aussi belle que vous en ce moment.

– Charmeur que tu es.

– Non, c'est vrai.

– Oui, mais tu te dis aussi que tu préfères néanmoins le style de ta mère. Non, pas un mot ! Cela devient trop compliqué. Redescendons. On peut te déposer quelque part ?

Je retournai chez Hillyer. C'est Melissa qui m'ouvrit. Apparemment, elle avait essayé de me joindre au cap Bone et ma mère lui avait dit que j'étais ici. Ensuite, elle avait téléphoné à Hillyer et s'était invitée chez lui. Hillyer avait rappelé Rita pour lui dire de décommander sa copine.

Hillyer et Rita étaient en train de danser dans le séjour. Je fus étonné de voir combien elle était frêle. Elle me fit un petit signe de la main, me lança un « Salut ! » et ils continuèrent de danser.

Melissa et moi les imitâmes. Force m'était de penser que Rita, petite et gracile, aurait été mieux appariée avec moi, et Melissa, grande et charpentée, avec Hillyer. Nous devions avoir l'air de couples pour rire. Sans cesser de tourner, nous sortîmes de la pièce et, gagnant le fond du couloir, entrâmes dans une chambre. Je ne savais même pas à qui elle était. La porte refermée, nous nous allongeâmes sur le lit. Nous le fîmes par deux fois. Entre-temps, Melissa me confia que son père avait un problème avec la boisson. Il dormait mal et avait le nez tout couperosé. Elle m'avoua être allée au cinéma avec Ari et me demanda si cela m'ennuyait. Cela m'était tout à fait égal, mais je dis que ce n'était pas grave du moment qu'il ne s'était rien passé. Elle répondit qu'il n'y avait rien et n'y aurait jamais rien entre elle et lui. J'aurais voulu lui dire de ne pas se refréner et d'agir à sa guise, comme Zina me l'avait conseillé, mais cela aurait été discourtois.

Elle avait la peau douce et lisse et, allongée ainsi à côté de moi, elle ne me semblait plus si grande. Avec son joli timbre de voix, elle me chantait des chansons des Beatles et je ressentais à son endroit un genre d'affection non dénuée de sincérité. Je ne comprenais pas pourquoi je n'éprouvais aucune culpabilité. Même s'il n'existait que dans ma tête, n'avais-je pas rompu mon pacte avec Zina ? Puis il m'apparut que j'étais en train de faire exactement ce qu'elle m'avait conseillé. Je lui obéissais.

J'étais sur le ventre, la tête tournée vers le mur. Melissa avait la sienne contre mon épaule et le bras en travers de mon dos. J'essayais de me figurer qu'il s'agissait de Zina, mais cela ne marchait pas. Elle était immobile et silencieuse, contente. Zina, elle, aurait marché de long en large sans cesser de discourir. Je tentai alors de me la représenter là où elle devait se trouver à ce moment précis. Je la vis assise à une table. Je ne pouvais distinguer avec qui elle se trouvait – comme dans un rêve, tout n'était pas révélé –, mais je voyais nettement ses yeux marron et ses lèvres bien dessinées. J'essayai d'entendre ce qu'elle disait, mais ne me vinrent que des choses qu'elle m'avait déjà dites. Ensuite, je m'endormis. Melissa me réveilla. Il fallait qu'elle parte. J'étais heureux de ne pas lui en vouloir. Je me sentais même responsable à son endroit. En cela aussi, j'obéissais à Zina.

Aucune trace de Rita et de Hillyer. Je laissai la porte d'entrée entrebâillée et raccompagnai Melissa jusque chez elle. Nous fîmes un détour par le bord de l'eau. La nuit était claire, la température idéale. On aurait pu se promener tout nu. La lune était un fin croissant lumineux. Nous allions bras dessus, bras dessous, et, de temps à autre, Melissa pressait son sein contre mon épaule.

– Tu sais, dit-elle, cela ne me dérange pas, que tu ne sois pas amoureux de moi.

Je ne répondis pas.

– Ce n'est pas que ça m'indiffère, mais ça ne me dérange pas.

– Pour coucher avec quelqu'un, est-il besoin d'en être amoureux ?

– Pour moi, oui, mais pas pour toi. Est-ce que cela te pose un problème, Michael ?

– Est-ce que c'est mieux si l'autre est amoureux ?

– Bien sûr que oui.

– Qu'est-ce que ça change ?

– Si c'est réciproque, l'autre ne te laissera jamais tomber.

XI

PROTÈGE-MOI

Le lendemain matin, je trouvai Hillyer en train de se gratter le ventre à deux mains, debout devant la bouilloire qu'il venait de mettre à chauffer.

– Tous les deux, on peut dire que vous vous êtes volatilisés. Rita a trouvé ça moyen.

– Je l'ai trouvée sympa.

– Comment peux-tu savoir ? Ça a été bonjour, bonsoir. Alors, comment ça s'est passé ?

– Ça a été.

– A ce point-là ? fit-il, puis, prenant une voix plus mâle : De notre côté, nous ne nous sommes pas mal débrouillés non plus.

– Vous étiez ici quand Melissa et moi sommes partis ?

– Je vous ai entendus passer. Pour tout te dire, j'étais in situ à ce moment précis... Y a rien à bouffer dans cette baraque.

Nous décidâmes d'aller prendre le petit déjeuner chez moi.

– Seulement, d'abord il faut que j'appelle. Il se pourrait que mon père y soit.

– Ton père, c'est un type comme ça.

Hillyer était tellement miné par la séparation de ses parents que je décidai de lui faire savoir que tout n'était pas nécessairement rose chez les autres.

– En fait, si j'aime mieux téléphoner avant de me pointer là-bas, c'est qu'il pourrait bien être in situ lui aussi.

– Je savais pas qu'il avait ses petits à-côtés.

– Eh bien si.

– N'empêche qu'il n'a pas fichu le camp de chez vous. Dis-moi, ça a l'air de te laisser plutôt froid.

– Il m'a dit que l'amour est un truc magique parce qu'on fait quelque chose à partir de rien. S'il a envie de faire quelque chose à partir de rien, ce n'est pas ça qui va me tracasser outre mesure. Et puis ce sont ses oignons.

– C'est certain. Du moins tant que personne ne l'apprend. Si ça se savait – et là je pense à ta mère –, pour le coup, il ferait du rien à partir de quelque chose.

– C'est ce qui s'est passé pour ton père ?

– Ouais.

Je téléphonai chez moi. Papa s'y trouvait. Il était sur le point de partir pour le cabinet. Il ne savait pas que j'étais en ville.

– Quand tu viens en ville, j'aimerais bien être au courant – puis, sur un ton plus léger : On aurait pu dîner ensemble.

– Je n'aurais pas pu : j'étais in situ.

– Pardon ? – puis, comprenant la plaisanterie : Je la connais ?

– Un gentleman ne parle jamais de ces choses.

– C'est juste.

Je lui demandai quand il rentrait au cap. Il proposa de passer me prendre en bas de chez nous.

Il arriva à l'heure dite. Mrs. Mertz était à côté de lui, Zina sur le siège arrière. Je montai à côté d'elle. Elle me prit la main et l'étreignit. Mon père me gratifia de son grand sourire dans le rétroviseur et Mrs. Mertz se remit à parler. Je mis un moment à comprendre qu'elle parlait d'un récent voyage en Russie.

– Les gens en bavent, bien sûr. Les Italiens mangent, les Français causent, les Allemands fabriquent et les Russes, eux, souffrent. La souffrance, c'est leur point fort, et ils n'ont plus, à présent, de culture pour faire tampon. Pas vraiment de tradition culinaire. Pas d'étiquette. Tout le monde veut foutre le camp. Il faut voir les prostituées de luxe dans les hôtels à touristes. De vraies beautés. On les regarde et on se dit que les Russes ont vraiment mis la fine fleur de leurs filles au tapin.

– Je suis passé chez toi hier soir, glissai-je à Zina.

– Oui, maman m'a dit.

J'attendais qu'elle me dise où elle avait passé la soirée, mais elle n'en fit rien.

– J'ai demandé à une de ces filles, poursuivait Mrs. Mertz, quelle nationalité elle préférait. « Les

Japonais, m'a-t-elle répondu : ils paient bien et ils ne mettent pas des heures. »

Elle pensait que mon père trouvait cela amusant, mais je voyais bien à ses hochements polis qu'il n'en était rien. Quant à moi, qui n'avais pas imaginé rentrer avec Zina, j'étais tout content. Par moments elle m'effleurait la main.

Mon père rangea la voiture sur l'aire de stationnement de la gare. Mr. Strangfeld nous attendait avec son buggy. Papa prit place à l'avant et Mrs. Mertz se serra à l'arrière avec Zina et moi. Elle parlait sans discontinuer. Plus personne ne l'écoutait, hormis Mr. Strangfeld, qui de temps en temps lâchait un «*Ja!*».

A un moment, Mrs. Mertz lui dit en allemand quelque chose qui l'enchanta, car il dit «*Ja, ja, ja!*».

Nous descendîmes à l'entrée du sentier et, tandis que nous nous engagions sur l'étendue de sable qui nous séparait de la maison, Blackheart se mit à aboyer de l'autre côté de la porte grillagée. Maman était là qui nous regardait. Elle laissa sortir le chien, mais demeura pour sa part à l'intérieur. Au moment de se séparer, Mrs. Mertz eut le tort de déposer une bise sur la joue de mon père. Quand nous entrâmes, maman n'était plus là. Papa et moi nous changeâmes pour aller piquer une tête. L'océan, lisse et paisible, avait ses airs de fin d'après-midi. Nous évitions, me sembla-t-il, de parler de notre séjour en ville.

Maman, au dîner, amena le sujet sur le tapis.

– Alors, as-tu fait tout ce que tu voulais faire ? demanda-t-elle à mon père.

– A peu près.

– Est-ce que Mrs. Mertz a fait tout ce qu'elle voulait faire ?

Il la gratifia de son regard ironique.

– Je t'ai posé une question.

– Je n'en connais pas la réponse.

Je jugeai opportun d'intervenir :

– Je suis passé chez les Mertz hier soir. Mrs. Mertz sortait dîner avec un dénommé Jack Packard.

– Dirais-tu qu'elle a fait ce qu'elle voulait faire ? me demanda mon père.

– Je dirais qu'il y a de bonnes chances. Zina n'était pas là.

Maman fixa son assiette durant plusieurs secondes. Un ange passait. Soudain, elle éclata en sanglots. Papa me fit signe de les laisser seuls. Je montai dans ma chambre.

Sans trop savoir ce qu'il faisait dans le dos de maman, je ne me souviens pas de lui avoir tellement jeté la pierre. Je crois que je ne prenais pas très au sérieux les problèmes qu'il pouvait y avoir entre eux. Et de fait, même s'il pleuvait, tout le monde était radieux le lendemain matin. Il l'avait tranquillisée. Je trouvai Blackheart allongé près de la cuisinière, sur le qui-vive, prêt à aller folâtrer. Maman me demandait ce que je voulais pour mon petit déjeuner lorsque Zina s'encadra sur le seuil.

– Est-ce que Micha peut venir jouer ?

– J'arrive, dis-je.

– C'est à moi que Zina a posé la question, observa maman, et tu n'as pas mangé. Entrez, Zina. Avez-vous pris votre petit déjeuner ?

– Il tombe une délicieuse pluie tiède que je ne voudrais rater pour rien au monde.

Je m'emparai d'une part de gâteau au café et adressai à ma mère une parodie de regard implorant.

– C'est bon, vas-y ! dit-elle.

Elle était vraiment d'excellente humeur.

Aussitôt, Blackheart bondit sur ses pattes.

Mon premier souvenir d'une pluie tiède remonte au temps de mes cinq ans, un jour que mon père me prit sur ses épaules pour me transporter de notre bateau de l'époque jusqu'à la plage, puis à travers le cap jusqu'à la maison. Il avait peu à peu commencé de bruiner au-dessus de la baie et, comme c'était le cas en ce moment, le ciel avait pris une teinte jaunâtre. Nous étions en train de tirer des bords dans de petits airs quand je reçus un coup de bôme sur le crâne. Ce n'était rien de grave. Néanmoins, mon père échoua le bateau et me transporta à la maison comme un bébé. Je me souviens que j'avais la face tournée vers le ciel et que le contact des gouttes tièdes m'était agréable.

Zina et moi longions le bord de l'eau. L'océan avait lui aussi une teinte flavescente. Zina portait un corsage de coton blanc qui, bientôt trempé, était plaqué sur ses seins. Je les voyais, bien que je n'eusse pas le regard posé sur eux. Ils étaient volumineux sans être protubérants. Je suppose que cela m'aurait troublé chez une autre, mais je ne regardais pas Zina de cette façon. Ce que j'éprouvais pour elle n'excluait pas le sexe, mais il était comme relégué au second plan.

La surface des eaux était aplanie par les gouttes qui la marquaient de myriades de petits cratères. Nous partageâmes le morceau de gâteau au café. Elle en lécha les miettes sur ses doigts, puis sur les miens. Je lui racontai la fois où mon père m'avait porté sous la pluie, sur quoi, chose extraordinaire, elle me dit que son premier souvenir d'une telle pluie était de s'être promenée main dans la main avec son père sur une plage à marée basse. C'était à l'île de Ré, en France.

– Est-ce que le ciel était jaune ?

– Je crois bien. Ce qui me revient avant tout, c'est un grand sentiment de sécurité. Nous nous sommes avancés très loin dans la mer et la profondeur restait la même. Mon père a dit que la marée remontait très vite et qu'il fallait être prudent. Je pense qu'il a dit ça pour me donner un petit frisson, mais je n'avais pas peur, je me sentais tellement en sécurité. Tu n'as jamais été en Europe ?

– J'y suis né, mais ça se borne à ça.

– Ce que j'aimerais t'y emmener ! Les Américains, la première fois qu'ils mettent les pieds en Europe, c'est un peu comme la première fois qu'ils font l'amour. Nos compatriotes croient avoir tout inventé. Alors que tout vient de là-bas, l'architecture, le mobilier, la langue.

Nous passions d'abord une semaine à Londres. Nous allions au théâtre tous les soirs. Ensuite, c'était une semaine à Paris. Puis nous prenions un compartiment-couchettes dans le Paris-Rome et restions debout pour contempler les Alpes sous le clair de lune.

– Tu crois qu'on pourrait faire ça ? Si j'allais trouver mon père pour lui dire que nous voulons aller en Europe, et qu'il dise oui, tu serais d'accord pour partir ?

– Ce serait merveilleux ! En plus, cela me sortirait d'un mauvais pas.

– Comment cela ?

– Micha, protège-moi.

– Mais de quoi parles-tu ?

– Je suis en danger.

– Quel genre de danger ?

– Il faut que tu me protèges.

– Bien sûr que je vais te protéger. Je t'aime.

– Je le sais et c'est pourquoi je te demande ça.

– En quoi es-tu en danger ?

– Tu sais que je suis quelqu'un qui a une grande maîtrise de soi.

– Oui, dis-je, même si la chose ne m'avait pas particulièrement frappé.

– Eh bien, je suis en train de perdre le contrôle.

– Mais de quoi ?

– De moi-même.

– Explique-toi.

– Micha, il faut que tu me protèges.

Elle posa la main sur mes lèvres, amena son visage tout contre le mien et, retirant sa main comme elle l'avait fait avec la feuille d'érable, m'embrassa sur la bouche.

Qu'étais-je censé comprendre ? La seule explication qui me venait à l'esprit était qu'elle souffrait d'un genre de trouble mental.

Ce soir-là, alors que la pluie avait cessé, j'invitai mon père à venir faire un tour au bord de l'eau. Je le mis au courant pour Zina. Je me disais qu'il pourrait peut-être en toucher un mot à sa mère et lui suggérer de l'envoyer voir un médecin. Il me répondit que ce n'était pas forcément dans la tête, qu'il pouvait s'agir de tout autre chose.

– Peut-être serait-il bon que tu lui en parles, dis-je. Peut-être qu'à toi elle dirait ce qui ne va pas, et nous pourrions essayer de l'aider.

Il dit qu'il allait y penser, et cela me tranquillisa un peu. Cette nuit-là, pourtant, je fis un rêve. Je me tenais sur un quai de gare dans un pays étranger. Zina se trouvait à bord d'un train qui commençait de rouler. Elle essayait de me dire quelque chose à travers la vitre, mais je ne l'entendais pas. Je tentais de monter dans le train, mais il allait trop vite. Lorsque j'ouvris les yeux, je savais de quoi il retournait : Zina était tombée amoureuse.

Après le petit déjeuner, je pris mon père à part. Je lui racontai mon rêve et l'interprétation que j'en faisais. Il hocha la tête sans trop rien dire.

Vers le milieu de la matinée, Zina, flanquée de Sonya, passa voir si mon chien avait envie d'aller faire une balade. J'appelai Blackheart et il s'en fut en compagnie de Zina et de son setter, tout en jetant des coups d'œil en arrière pour voir si je suivais. Dès qu'ils eurent disparu, je me rendis au pavillon. Mrs. Mertz prenait son bain de soleil sur la terrasse.

– Bonjour, Micha. Zina est partie se promener.

– C'est vous que je viens voir, madame Mertz.

– Tu sais, Micha, que les gens commencent à jaser.

La seule façon d'aborder la chose était de lui rapporter carrément ce que m'avait dit Zina, et de lui demander ce qu'elle en pensait. Assise bien droite sur sa chaise, elle m'écouta attentivement.

– Je ne sais que te répondre, Micha, sinon que Zina est une jeune personne très émotive. Sans entrer dans les détails, je dirais qu'elle a eu, comme tout un chacun, sa part de problèmes. Quant à savoir de quoi il s'agit cette fois-ci... Pour formuler les choses autrement, disons que Zina a, tout comme moi, tendance à dramatiser. A mon avis, quoi que cela puisse être, sa vie n'est pas en danger.

– Vous pensez qu'elle a pu tomber amoureuse ?

Elle me lança un regard pénétrant.

– Ce sont là des choses si... transitoires. Je ne les prends au sérieux que quand les gens emménagent ensemble.

– Est-ce que Zina a déjà été amoureuse ?

– A cet âge, elles l'ont toutes déjà été.

– Donc la réponse est oui.

– Il y a eu le garçon aux yeux d'Asiate. Il y a eu… Écoute, Micha, tu n'as qu'à lui poser la question. Elle te répondra.

– Est-ce que Henry saurait me renseigner ?

– Je suppose que oui : c'est un épouvantable cancanier. Tiens, il faudrait que je les réinvite tous les deux ; ils sont tellement amusants. Henry s'est tout particulièrement entiché de toi. Oui, tu n'as qu'à lui passer un coup de fil. Il t'emmènera dans le meilleur restaurant du coin. Sa galerie est la galerie d'art Saint-Sébastien, ce qui n'est guère original comme nom.

XII

UN AMI DE L'AMOUR

Le vendredi, j'emmenai Mrs. Mertz et Hillyer en ville à bord de l'*Angela*.

– Je sais ce que Micha a en tête, dit Mrs. Mertz, mais qu'en est-il de vous, Hillyer ?

– Simplement l'envie de me changer les idées. Et vous, madame ?

– Moi, je mijote de faire une bêtise.

– Ça m'a l'air prometteur.

– Espérons-le.

J'amarrai le bateau dans la marina. Mrs. Mertz et Hillyer partirent de leur côté. Je me rendis à la galerie Saint-Sébastien. L'endroit occupait le premier étage de l'unique immeuble Art déco de la ville. Une jolie dame assise derrière un bureau me demanda ce qu'elle pouvait pour moi. Quand je lui eus fait part de la raison de ma visite, elle me gratifia d'un sourire radieux, me dit que Henry était occupé avec un client mais que ce ne serait pas long, et me proposa de jeter, en attendant, un coup d'œil aux œuvres exposées. Elle me donna le catalogue.

Sans cette plaquette j'aurais pu croire qu'il s'agissait de peintures d'enfants. Des bâtonnets de couleurs vives. Une maison avec une porte, deux fenêtres, une cheminée et de la fumée. Un facteur et un chien, une charrette rouge, un chat avec des moustaches.

Un barbu, debout en retrait, considérait ces toiles avec une expression amusée. Il me demanda si j'aimais. Je répondis que oui, mais qu'il me semblait que j'aurais pu les peindre moi-même.

– C'est précisément pour cela qu'ils vous plaisent.

Il était sur le point d'engager la conversation quand Henry arriva derrière moi, me saisit par les coudes et me murmura à l'oreille :

– Ces petites choses démarrent à quinze billets.

– De cent ?

– De mille. Tu aimes ?

Je répondis de même, que ces toiles me plaisaient bien, mais que j'aurais pu en faire autant.

– Eh non. C'est ce que tu penses, seulement tu as laissé passer l'occasion. Quand tu avais quatre ou cinq ans, je ne dis pas. Mais plus maintenant. Le truc avec Odo, Odo Fürst, c'est qu'il y a une part de lui-même qui a toujours cinq ans. C'est la première fois qu'il expose et c'est un succès retentissant. Les critiques new-yorkais ont fait le déplacement, et toi et moi allons fêter ça dans le meilleur restaurant de la ville.

La jolie dame rappela à Henry qu'il avait un rendez-vous à quinze heures. Il lui demanda de le repousser au lendemain.

Le restaurant, situé au bord de l'eau, avait nom *Les Deux Amis*. J'en avais entendu parler, mais je n'y avais jamais mis les pieds. Il était tenu par un jeune couple. Tous deux promirent à Henry qu'ils ne manqueraient pas de venir voir au plus tôt sa nouvelle exposition.

Je trouvais Henry très bel homme avec son hâle profond et ses grands yeux lumineux. Il m'apprit qu'il était né dans le Middle West, qu'il avait étudié l'histoire de l'art à Yale, « fait de la pub » à New York, et qu'il s'était établi ici avec un ami douze ans plus tôt. L'ami en question lui avait vendu ses parts dans la galerie, et lui était toujours là.

– Et toi, alors ? Zina te décrit comme un Américain pur jus.

– Je ne sais pas ce que ça veut dire.

Ma foi, si je te voyais dans la rue, que je n'aie pas entendu le son de ta voix et que tu ne sois pas trahi par tes vêtements, je dirais que tu es… milanais. Je dirais également que tes parents t'adorent, que ton père est magistrat et très fier de tes résultats scolaires. Il pense que tu iras loin. Ta mère connaît ton côté plus frivole car elle t'a vu évoluer au milieu de tes contemporains. Elle sait que tu es destiné à être aimé, et pourtant tu présenteras toujours au monde une face plus sombre.

– Ma mère pense que ça va mal se passer pour moi.

– Pourquoi diable ?

– Elle s'attend à ce que je me casse les dents.

– Elle pense que tu attends trop de la vie ?

– Oui, quelque chose comme ça.

– Tu veux devenir un génie ?

– Non, c'est par rapport à Zina qu'elle pense ça. Je ne veux pas devenir un génie, je veux être heureux.

– En ce cas, ne deviens surtout pas un génie. Zina n'est pas un génie, soit dit en passant. Elle a du talent. Elle réussira si elle bosse dur. La photographie ne compte pas beaucoup de génies. C'est un art trop facile pour qu'on y soit bon, et trop difficile pour qu'on y soit mieux que bon. Tu diras à ta mère que Zina n'est pas un génie. Et dis-lui aussi – non, mieux vaut pas – qu'il est une chose que tu pourrais être dès à présent. Je connais au moins une vingtaine de photographes qui te recherchent. Il y a en toi, Micha, une délicieuse intensité. Les agences se jetteraient sur toi. A la condition, je le précise, que tu ne souries jamais. Ce que tu leur vendrais, c'est de la gravité. Un an de ce régime et ton visage serait connu partout. Jusqu'à ce qu'un jour un photographe te prenne au dépourvu. Il te fait comme ça : « Dites *formaggio* [1] » , et voilà que tu te fends d'un sourire. Le charme est rompu. Ta carrière s'arrête là.

Il continua de broder de la sorte, décrivant mon mariage éphémère avec « une femme très riche, plus âgée, et quand je dis plus âgée… ». Avec l'argent que

1. On sait que, pour obtenir un sourire, les photographes de langue anglaise demandent de prononcer le mot *cheese*.…

je retire du divorce, je vais m'établir en Suisse et je deviens « la coqueluche de Zurich », mais mon destin m'attend en Afrique du Nord…

Cela me mettait mal à l'aise et il finit par arrêter. Il nous commanda de la sole Véronique. Jamais on ne m'avait servi de poisson avec des fruits et jamais je n'avais rien mangé d'aussi bon.

Plus je l'écoutais, plus je me disais que c'était de lui que Zina était amoureuse. Je me disais également que, s'il se montrait aussi gentil, cela venait de ce qu'il était très heureux qu'elle fût éprise de lui. Je lui demandai depuis combien de temps il la connaissait.

– Des années et des années. C'est moi qui les ai attirés ici. Alors, dis-moi, qu'est-ce que tu étudies à l'école ?

– Les trucs habituels. Et son père, vous le connaissez ?

– Imbu de sa personne. On voit mal comment sa femme a pu le supporter aussi longtemps.

– Est-ce que Zina expose ses photos dans votre galerie ?

– Je ne fais que la peinture et un peu de sculpture. Ces photos que tu as faites de Zina ne sont pas mal du tout. Est-ce que tu t'intéresses à la photographie ?

– Pas vraiment, mais j'aime bien le travail de Zina. Vous avez vu ce qu'elle a tiré de quelques touffes d'herbe ?

– Et de tes pieds. Crois-moi, on composera avant longtemps des poèmes sur ces pieds.

Ainsi se déroulait notre conversation. Je finis par me jeter à l'eau :

– Henry, est-ce que je peux vous poser une question indiscrète ? Vous n'êtes pas obligé de répondre. Est-ce que Zina et vous sortez ensemble ?

Il en fut déconcerté et je crus d'abord que c'était parce que j'avais percé son secret. Puis j'eus l'impression qu'il se demandait si je ne plaisantais pas. Quand il comprit que j'étais on ne peut plus sérieux, il déclara d'un ton solennel :

– Non, Micha, Zina et moi ne sortons pas ensemble.

– Et Wilder ?

– Wilder ! Que vas-tu chercher là ! Toi, mon garçon, tu es amoureux. Tu rougis comme un puceau.

– Je ne suis pas puceau.

– J'ai dit : comme un puceau. Toi, alors !

– Vous me jurez que vous ne sortez pas avec elle ?

– Je te le jure, gros bêta. Et Wilder non plus. Dis donc, la tête qu'il ferait ! Quand cette chose affreuse t'est-elle tombée dessus ? Tu peux te confier à Henry. C'est un ami de l'amour. Tu peux absolument tout lui dire.

Je lui déballai tout ou presque. Il m'écouta attentivement, faisant de temps en temps claquer sa langue en signe de désapprobation sur des points comme Zina ôtant la feuille d'arbre, puis m'incitant à coucher avec Melissa.

– Cela te dirait de coucher avec Melissa ?

– Je l'ai fait.

– Et alors ?

– Je n'en avais pas envie.

– C'est avec Zina que tu veux le faire.

– Mais non !

– Mais si ! Écoute-moi, Micha. Tu penses encore qu'il y a quelque chose de mal dans l'amour. Et de fait, si on le pense, cela devient vrai. Et puis tu te dis que Zina a déjà couché avec pas mal de garçons, et tu ne veux pas en être un parmi d'autres. Tu es différent, ton amour est différent…

– Parce qu'elle a déjà couché avec d'autres garçons ?

– Si elle ne l'a pas fait, c'est qu'elle a un problème. Donc, nous considérerons, pour son propre bien, qu'elle l'a fait.

– Tout ce que je veux savoir, c'est si elle est amoureuse de quelqu'un en ce moment.

– Qu'est-ce qui te donne à penser qu'elle pourrait l'être ?

Je rapportai à Henry ce qu'elle m'avait dit à propos d'un danger où elle se trouvait, d'une perte de contrôle, d'un besoin d'être protégée.

– De là à conclure qu'elle est amoureuse, c'est un peu tiré par les cheveux.

– Voudriez-vous essayer de vous renseigner ?

– Tu veux dire : si oui, et de qui ?

– Vous n'en savez rien, vous me le jurez ?

– Je le jure. Mais dis-moi d'abord une chose. A quoi cela va-t-il t'avancer ?

– J'aimerais autant qu'elle ne soit pas amoureuse, voilà tout.

– Et si elle l'est ?

– Si elle l'est, elle l'est.

– Et pour ce qui serait de l'autre, tu ne te mettrais quand même pas en tête de le tuer ? Ou de la tuer ?

– Tuer Zina ?

– Ce n'est pas tout à fait ce à quoi je songeais. J'entendais par là que le « il » pouvait être une « elle ». Mais il ne faut pas plaisanter avec ça. D'accord, je vais essayer de le savoir et je te mettrai au courant si je le puis sans forfaire.

– Que voulez-vous dire ?

– Je peux difficilement te rapporter quelque chose qui m'aurait été dit en confidence. Micha, quel âge as-tu ?

– Seize ans.

– Tu es assurément assez vieux pour l'amour, mais tu dois bien savoir au fond de toi qu'il y a peu de chances pour que ça marche.

– Ça m'est égal.

– Bien sûr que non, ça ne t'est pas égal. Seulement, tu n'as pas le choix.

– C'est ça, je n'ai pas le choix.

– C'est bon, je vais essayer de me renseigner, non pas pour satisfaire ta curiosité, mais parce qu'il est toujours préférable de savoir à quoi s'en tenir. Et puis j'ai encore une autre raison de le faire. Je m'explique : je ne pense pas que ta personnalité soit complètement formée. Tu es un jeune homme extrêmement intelligent et fort séduisant, très mûr par certains côtés, mais par d'autres encore immature. Ta destinée n'est pas encore écrite. Tu vois ce que je veux dire ?

Je répondis que oui, bien que ce fût tout le contraire.

– En un mot, pour toi rien n'est encore décidé, et cela pourrait bien justement tout décider. On va aller chez moi et on va en avoir le fin mot, pour le meilleur ou pour le pire. D'accord ?

Comme mon père et comme moi, Henry aimait le milieu aquatique. En plus d'être propriétaire du *Chelsea Hotel*, il habitait un house-boat amarré non loin du restaurant. L'intérieur consistait en une seule pièce percée de nombreux hublots. On sentait le bateau tirer sur ses amarres, on entendait le clapotis de l'eau contre la coque.

– Le seul problème, me dit Henry, c'est qu'il arrive que des rats s'introduisent à bord, y compris des représentants de la variété à deux pattes.

Il me désigna un fauteuil en filet, me servit un verre de vodka et composa le numéro de Zina au cap Bone.

– Il faut que je la fasse parler sans vraiment lui poser de questions.

Il leva la main.

– Ma chérie, tu sais que je donne beaucoup dans la psy… Oui, dans la schizo aussi. Tu te rappelles ce rêve que j'ai fait ? Tu étais une sirène qui chantait pour les bateaux de passage et, le lendemain soir, trois marins grecs venaient jusqu'à toi. Si ce n'est pas de la prescience… Oui, de la prescience et de la préciosité. Figure-toi, ma chérie, que j'ai rêvé cette nuit que tu venais me trouver enveloppée dans un drap… Un drap de lit, à moins que ce ne fût un suaire. Et tu m'as dit que ça n'allait pas… Tu n'as pas précisé… Tout ce que tu as dit, c'est que tu perdais le contrôle…

J'agitai les mains, secouai la tête. Il reprenait les mêmes termes. Elle allait flairer quelque chose.

Mais il eut un geste rassurant.

– Je le savais. Raconte tout à Henry.

Donc, elle était bien amoureuse. Il l'écoutait, émettant un grognement par-ci, par-là. Le plus inquiétant, c'est que, de tout le temps que cela dura, il ne me regarda qu'à deux reprises pour chaque fois détourner rapidement les yeux. Il ne disait rien hormis des choses comme « Redis-moi ça » ou « Non, je ne pense pas ». Enfin, sa voix s'éleva pour clore la conversation :

– Entendu, ma douce… Oui, bien sûr… On en parlera.

Et il raccrocha.

– Voilà, dit-il, tu as entendu comme moi.

– Qui est-ce ?

– Elle ne me l'a pas dit.

– Elle n'a pas arrêté de parler et elle n'a pas dit de qui il s'agit ?

Il écarta les mains en signe d'impuissance.

– Vous le savez.

– Micha, je t'en prie…

– Pourquoi ne voulez-vous pas me le dire ?

Je crois bien que je criais, et je pense que je lui faisais un peu peur.

– Micha, j'ai des tas de choses à te dire, mais tu n'es pas en état de m'écouter. Je désire t'aider et je suis en mesure de le faire, mais il faut pour cela que tu t'apaises. Le mieux serait que tu te fasses à cette idée, et ensuite nous pourrons parler.

– Je suis certain que vous le savez.

– Micha, il vaut mieux que tu rentres chez toi !

XIII

LA THÉORIE DE HILLYER

Je m'en fus chez Hillyer et lui racontai tout. Je voulais l'entendre m'expliquer que l'amour n'existait pas. Au lieu de cela, il s'intéressa au problème de savoir de qui Zina était amoureuse.

– Comment peux-tu être certain qu'elle le lui a dit ? Lui affirme que non.

– J'ai entendu tout ce qu'il a dit. Pas une fois il ne lui a posé la question. Il la lui aurait forcément posée.

– Et pourquoi est-ce que tu tiens tant à le savoir ?

– Henry m'a demandé la même chose. Écoute, s'il s'agissait, disons, d'un petit ami de longue date, ça ne serait pas si terrible.

– Qu'est-ce qui le serait, alors ?

– Un nouveau venu.

– Et en quoi serait-ce pire ?

– Tiens, supposons que ce soit ce type, là, Henry. Ce ne serait rien de sérieux. Il s'y connaît en peinture et en photo. Cela tiendrait simplement à ce qu'ils ont des intérêts communs.

– Pourquoi se serait-il prêté à cette histoire de coup de fil ?

– Pour égarer mes soupçons. Il est pas mal de sa personne. Ce pourrait être lui.

– Bon, eh bien, appelle-le. Je vais prendre l'écouteur. Tu lui dis que tu as un cafard noir. Tu fais le type au bord du suicide. Dis-lui que tu te sentirais mieux si tu savais qui c'est. Dis-lui que tu n'as jamais été aussi malheureux.

– C'est le cas.

– Parfait, tu n'en seras que plus convaincant.

Henry avait regagné sa galerie. Je me fis suppliant.

– Micha, tu fais peine à entendre. Mets donc tout ça dans le compartiment à glaçons. Dans quelques semaines, quand tu y jetteras un œil, il n'y aura plus rien. Je sais bien que tu es malheureux, mais je te promets que ça ne va pas durer. J'ai moi-même pas mal donné, je sais ce que c'est. Écoute, Micha, voilà ce qu'on va faire : viens me voir ce soir, je préparerai à dîner et on causera. J'ai des tas de choses à te dire.

– Vous me direz qui c'est ?

– On causera.

– Oui, mais est-ce que vous me direz ?

– Sept heures ce soir. On débouchera une dive bouteille.

Je lui dis que je rappellerais pour confirmer, et je raccrochai.

– C'est lui, affirmai-je. Maintenant, j'en suis sûr.

– C'est pas lui : il est pédé.

– Qu'est-ce que t'en sais ?

– Ça s'entend à sa voix.

Je ne savais pas vraiment ce que c'était qu'un homosexuel.

– De plus, il en a après ton cul. Il va te mitonner un petit dîner, déboucher une bonne bouteille, tout ça avec de la musique douce et des chandelles. Enfin, Michael !

Hillyer se leva et commença de marcher de long en large dans le séjour.

– Essayons d'y voir clair. Primo, il accepte de t'aider. C'est même lui qui s'est proposé. Ensuite, il obtient le renseignement.

– Ça, on n'en est pas absolument certains.

– Mais si. Tu en étais certain en arrivant ici, et j'en suis maintenant persuadé. Tout de suite, au téléphone, il n'a pas démenti la chose.

– Peut-être qu'il est homosexuel et qu'elle l'aime malgré tout.

– Non, elle le connaît depuis trop longtemps. Quoique… Peut-être que, s'ils se retrouvaient ensemble dans un lit… Non, c'est impossible : il est pédé.

Hillyer se mit à se décrotter le nez, signe chez lui d'une intense concentration.

– Si tu n'étais pas en face de moi, reprit-il, et que j'apprenne cela de la bouche de quelqu'un d'autre, tu serais en tête sur la liste des suspects.

– Tu rigoles ou quoi ?

– Les faits parlent d'eux-mêmes : tu te trouvais sur les lieux, tu l'aimais bien, elle t'aimait bien… Attends un peu… Nom de Dieu ! Tu sais qui c'est ? C'est ton paternel. In situ.

Je me glaçai d'un coup.

– Impossible.

– Possible.

– Quand auraient-ils pu faire ça ?

– Parce que tu crois que ça prend des heures ?

– Je ne parle pas de ça. Je veux dire : à quel moment auraient-ils pu tomber amoureux l'un de l'autre ?

– C'est à toi de me le dire. L'amour, c'est ton truc.

– Non, ce n'est pas possible.

– C'est la seule et unique raison qui puisse faire que ce type refuse de te mettre au courant.

– Ça ne veut pas dire qu'ils aient vraiment fait quoi que ce soit.

– Ah non ? L'autre soir, quand tu t'es pointé chez elle, elle n'y était pas, exact ? Et ton paternel était en ville, exact ? Pendant que tu t'envoyais Melissa, lui s'envoyait Zina. Un partout, la balle au centre.

Était-il possible que je fusse puni pour avoir couché avec Melissa ?

– Ton père fait manifestement partie des grands cavaleurs.

Ce qui, aux yeux de Hillyer, semblait faire de mon père un héros encore plus accompli.

– Il faut que je réfléchisse à tout ça, dis-je.

– Réfléchis tout ton soûl. Mais si tu tenais l'amour pour ce qu'il est, c'est à dire une illusion, cela ne te ferait ni chaud ni froid. Peut-être même que ça te ferait marrer.

– Visiblement, toi, ça te met en joie.

– Dis donc, tu as pris du bon temps. Pourquoi est-ce qu'il n'y aurait pas droit lui aussi ?

– Je n'ai pas pris du bon temps, comme tu dis.

Je ne voyais même pas pourquoi je discutais avec Hillyer.

– Je rentre chez moi.

– Comment tu te sens ?

– Pas terrible.

Je me levai. J'avais du mal à me mouvoir.

– T'en va pas. Rita doit venir, on va appeler Melissa.

– Non, je crois que non. Je vais rentrer.

– T'es sûr que ça va ?

– Ouais, ouais, ça va.

L'appartement paraissait tout particulièrement vide. Je montai dans la chambre de mes parents. Sur le bureau de maman il y avait la photo de mon père le jour de la remise de son diplôme universitaire. Il était debout sur la pelouse du campus, la main en visière devant les yeux. Il n'était guère différent d'aujourd'hui. Je ne crois pas qu'il connaissait ma mère à l'époque.

Sur son bureau à lui il y avait la photo de moi le jour où nous avions pris les flets. J'avais neuf ans cet été-là. Au début de juillet, Mr. Strangfeld nous dit que les flets pullulaient. Le flet est un poisson plat qui vit sur le fond, c'est pourquoi nous prîmes le canot à rames. Mon père répétait qu'il n'avait jamais vu cela. On mit une ligne à l'eau et on en prit un. On y monta un deuxième hameçon et on en prit deux. On n'eut bientôt plus de palourdes pour appâter. Mon père déclara que les poissons n'étaient généralement pas cannibales, mais ils firent pour une fois entorse à la règle. Nous avions toujours à bord une batte pour abréger les souffrances des poissons que nous prenions. C'était habituellement mon père qui les assommait. Mais, ce jour-là, j'étais à la batte. Chaque fois que je l'abattais, il poussait un hourra. Nous accostâmes et remontâmes nos prises sur le chariot du canot. Il y en avait un tel chargement que les poissons n'arrêtaient pas de glisser et de tomber dans le sable. Arrivé à la maison, mon père prit cette photo de moi avec les flets. Il existe beaucoup de photos de moi à cette époque. Sur celle-ci je parais vraiment heureux.

Là, debout au milieu de la chambre, je me sentais tiraillé entre deux envies contradictoires : élucider les choses et n'y plus penser. Je ne sais combien de temps je restai planté là, mais dès que je me mis à imaginer mon père et Zina couchés dans ce lit, j'appelai Henry pour lui dire que je me rendrais à son invitation.

Henry, ceint d'un tablier, était aux fourneaux. Il me désigna le fauteuil en filet.

– Vodka ?

– Je n'aime pas vraiment boire, Henry. Juste un peu de vin pour accompagner le dîner.

Si Hillyer avait vu juste, cet homme était le premier homosexuel dont je savais qu'il l'était.

– Nous parlerons sérieusement tout à l'heure, à table. Pour l'instant, contentons-nous de deviser.

– En attendant, est-ce que je peux vous poser une question ?

– Grave ou légère ?

– Au téléphone, puisque Zina ne vous a pas dit de qui il s'agissait, pourquoi ne le lui avez-vous pas demandé ?

– Pour la simple raison, mon cher Micha, qu'elle m'a dit texto : « Je ne peux pas te dire qui c'est. » Voilà pourquoi. Tu me rappelles un ami à moi. Le même cas de figure, à ceci près qu'il a le double de ton âge. Il y a six mois de cela, il était assis là où tu es en ce moment, et il me disait qu'il n'en pouvait plus, que c'en était terminé, qu'il n'avait plus envie de vivre.

– Sa bonne amie était tombée amoureuse de quelqu'un d'autre ?

– Il était vraiment au trente-sixième dessous. Et aujourd'hui, c'est comme si rien ne s'était passé. Il est avec quelqu'un d'autre et c'est tout juste s'il se souvient du prénom de la personne qui l'a tant fait souffrir. Tout cela pour te dire qu'étant moitié plus jeune, tu t'en remettras deux fois plus vite. Tu n'en crois rien en ce moment, mais tu verras que tu n'en garderas aucune trace et que tu seras toujours aussi superbe.

Il me tournait le dos.

– Un copain à moi croit que Zina est amoureuse de mon père.

Henry se retourna vivement.

– D'où sort-il une idée aussi grotesque !

– Alors, ce n'est pas mon père ?

– Écoute, Micha, pour ce que j'en sais, ça pourrait aussi bien être le bonhomme qu'on voit sur la lune. Nous pouvons passer à table.

Comme Hillyer l'avait prédit, il alluma des bougies et mit de la musique. Il me demanda comment je trouvais le vin.

– C'est du châteauneuf-du-pape, dis-je.

– Bravo !

– Du 58.

– Oh, le vilain, il a regardé l'étiquette ! – il m'effleura le dos de la main : Cher Micha, que je te dise quelque chose. Dans les contes de fées, il y a toujours un philtre qui te plonge dans un profond sommeil. Quand tu te réveilles, tu t'éprends de la première personne que tu vois. Il n'est pas de meilleure métaphore regardant l'amour. L'amour est arbitraire, inexplicable et cruel. Il est aussi transitoire. Rien d'aussi déraisonnable ne saurait durer bien longtemps.

– Je suis amoureux de Zina et je ne trouve pas ça déraisonnable. Elle est la fille la plus belle que j'aie jamais vue.

– Tu apportes de l'eau à mon moulin. Elle est la plus belle que tu aies jamais vue, parce que tu es tombé amoureux d'elle.

– Elle était déjà belle avant.

– Et dis-moi, quand es-tu tombé amoureux ?

– Dès que je l'ai vue.

– Et voilà !

Il se pencha en avant pour me toucher la joue.

– Micha, cela n'a rien de bien méchant que de souffrir un petit moment du mal d'amour. Tout le monde a eu le cœur brisé. Tu as des gens chez qui c'est comme un mode de vie. L'amour semble être un rayon que tu dardes sur un être. Parfois, il est réfléchi vers toi, parfois non. En fait, ce n'est pas un rayon. C'est un éclat de lumière qui part dans toutes les directions. Il paraît n'éclairer qu'un seul objet parce que l'amoureux ne voit que cet objet. Mais s'il regarde autour de lui, il verra que de nombreux objets captent sa lumière.

Il se pencha et me toucha une nouvelle fois la joue.

Il fallait que je m'esquive.

Alors qu'il s'apprêtait à servir le café, je dis que je ne me sentais pas bien. Il répondit que cela n'avait rien d'étonnant, que le mieux était que je passe la nuit sur place. Je dis que je ne pouvais pas laisser mon chien tout seul. Il me conseilla de m'allonger jusqu'à ce que cela aille mieux. Je m'en tirai finalement en promettant de revenir bientôt.

En chemin, je débrouillai toute l'affaire. Cette idée que Zina fût amoureuse était le fruit de mon imagination. Henry avait joué le jeu. Afin de se rapprocher de moi, il avait fait semblant de téléphoner à Zina. Il ne lui avait pas du tout parlé et ,s'il feignait de ne pas pouvoir me dire de qui il s'agissait, c'était pour la bonne et simple raison qu'il n'y avait personne. Zina n'était amoureuse de personne.

XIV

LES CHOSES SELON ZINA

L'idée fit long feu.

De l'appartement, j'appelai maman pour lui dire que je ne rentrerais que le lendemain. Je me mis au lit afin de réfléchir. Ce matin-là, mon père m'avait signifié, plutôt sèchement, qu'il entendait être mis au courant chaque fois que je venais en ville. Voulait-il dire *averti* ? Il ne s'était guère embarrassé de précautions le soir où il avait ramené une femme dans la chambre d'amis. En revanche, il ne tenait sûrement pas à ce que je découvre qu'il avait une liaison avec Zina.

Je finis par comprendre que je n'arriverais pas à y voir clair. Peut-être pouvais-je cependant adopter une attitude qui contribuât à me rendre moins malheureux. Par exemple, comment devais-je réagir s'il s'agissait effectivement de mon père ou si, plus simplement, Zina en pinçait pour lui à son insu ? Je remâchai tout ceci jusqu'à ce que me revînt le conseil de Mrs. Mertz : pose-lui la question, elle te répondra.

Alors, vers une heure du matin, je me rhabillai et descendis à la marina. L'*Angela* m'attentait, immobile sur l'eau plate. *La Plage de Douvres* me revint en tête tandis que je hissais les voiles :

Les eaux sont calmes ce soir.
C'est la pleine mer, la lune est blanche
Au-dessus du détroit...

La baie était paisible, la mer descendait, les voiles pendaient mollement. Je me laissai dériver hors de la marina. Sans un souffle d'air, le jusant allait m'entraîner en pleine mer, où un changement de temps subit pouvait être dangereux pour un équipage aussi réduit. Je ne m'en souciais pas. D'une manière ou d'une autre, j'allais enfin savoir. Une petite brise se leva. Je tirai des bords à travers la baie en me guidant sur le seul feu visible, probablement la lumière de l'habitation de Mr. Strangfeld. Quand je pris pied sur la plage, je me sentis un peu mieux. Rien n'était encore certain.

Les deux maisons étaient obscures. J'ôtai mes chaussures et les laissai sur la galerie. Blackheart m'entendit. Je le fis sortir et lui dis d'être sage. Puis je me dirigeai vers le pavillon. Une lueur argentée baignait toute chose, mais trop faible pour détourer nettement les objets. De l'autre côté de la baie, une fine bande de lumière s'étirait au-dessus de la côte. Cela mis à part, j'aurais aussi bien pu marcher les yeux fermés. Je distinguai Sonya, endormie sur la terrasse. Blackheart s'allongea devant elle, museau contre museau.

Je manœuvrai le loquet de la porte grillagée et me glissai à l'intérieur. Il y avait deux chambres à coucher. J'ignorais laquelle était celle de Zina et laquelle était celle de Mrs. Mertz. Avançant à pas feutrés, j'entrai dans la première. Je me tenais maintenant au centre de la pièce. Tout était parfaitement calme et silencieux. Mon dessein était de répéter son nom à voix basse jusqu'à ce qu'elle se réveille. Ainsi, je ne lui ferais pas peur. Mais voilà que je changeai d'idée. J'allais me glisser dans son lit comme l'avait fait Melissa dans le mien. Elle se retournerait vers moi comme je m'étais retourné vers Melissa. Dans un premier temps, elle ne saurait pas qui j'étais. Peut-être quelqu'un ressurgi du passé, peut-être le garçon aux yeux d'Asiate. Elle me prendrait dans ses bras.

– C'est moi, je dirais.

– Micha, mais que fais-tu ici ? Tu es dans mon lit, méchant garnement.

Non, ce n'est pas ce qu'elle dirait. Elle m'embrasserait. Elle m'avait déjà souvent embrassé. Oui, c'est cela, elle m'embrasserait. Elle serait toute nue. Ma main descendrait le long de son dos. Ses seins se presseraient contre ma poitrine et je m'écarterais pour les toucher. Elle dirait mon nom, une fois, puis elle le répéterait encore et encore.

Je ne me tenais plus de joie. Si tout se passait comme je le désirais, nous pourrions nous voir chez elle l'hiver prochain, ou bien chez moi quand mes parents ne seraient pas là. Ce serait notre secret. Peut-être mettrais-je Hillyer dans la confidence. J'avouerais à Zina que j'avais soupçonné et mon père et Henry. Elle me caresserait la tête en disant : « Pauvre Micha, dès le début, il n'y a eu que toi. »

Je ne distinguais rien hormis le contour de la fenêtre. Je rencontrai une chaise, une commode, puis mes genoux butèrent contre le bord du lit. J'avais beau tendre l'oreille, je n'entendais que ma propre respiration. Je m'agenouillai, avançai la main. Le lit était vide. Elle se trouvait dans l'autre chambre.

Je me relevai. Mon plan nécessitait qu'elle fût endormie. Sans cela, le courage me manquerait. Je fis demi-tour et repartis à pas lents vers la porte.

Alors, dans l'autre chambre, Zina dit :

– Peter, je suis ici – puis, après un silence : Par ici, Peter.

A cet instant, une lumière s'alluma chez nous, là-bas dans l'autre maison. Je repensai au poème de Melissa : « Une lueur accuse le noir des ténèbres… »

Je m'étais figé. Je ne crois pas que j'aurais pu esquisser un mouvement même si j'avais su comment réagir. J'attendais la suite. Mon père allait-il apparaître ? Et elle répéter : « Peter, je suis ici » ? Allait-il la rejoindre dans son lit ? Et elle se couler sous lui ? Allais-je devoir tout entendre de leurs ébats ?

Je me ruai dehors. Peu m'importait qu'elle sût ou non que c'était moi. Sur la terrasse, Blackheart se leva d'un bond et me suivit jusqu'à la maison. Maman était assise à la table de la cuisine avec un livre et une tasse de thé. A travers la porte grillagée, je lui lançai que j'étais rentré.

Je lui expliquai que je n'arrivais pas trouver le sommeil là-bas en ville. Elle me versa du thé et me dit qu'elle non plus ne pouvait pas dormir. Je lui demandai où était mon père.

– Là-haut. Sans doute, comme nous tous, en train de se tourner et se retourner. D'ordinaire, quand il n'arrive pas à dormir, il s'en va marcher sur la plage, alors que moi je descends ici soigner mon embonpoint. Je trouve cela injuste.

La considérant, un peu boulotte, tassée dans un peignoir rose, je vis pour la première fois combien c'était injuste. Elle avait une existence plutôt moche : perpétuellement tenaillée par la jalousie, toujours ignorante de ce qui se passait, mais sachant confusément qu'il se passait quelque chose. Et lui là-haut, déçu cette fois dans ses projets, mais méditant déjà la prochaine occasion.

– Je réfléchissais à nous autres, dit-elle, toi, ton père et moi. Ce sont ces sentiments que tu as pour Zina qui m'auront amenée à penser à tout ça. Je me disais qu'il y aura une Zina numéro deux, une Zina numéro trois, et puis tout à coup tu seras parti. Je ne sais pas si tu en as conscience, mais tu es le principal pôle d'attraction de ton père dans cette maison. Si nous n'avons pas pu fermer l'œil ce soir, c'est parce que tu n'étais pas là.

Quand je te sais tout seul en ville, je ne vis plus. Quant à ton père, tu lui manques, tout simplement. Je devrais peut-être monter lui dire que tu es rentré.

– Non, non, n'y va pas. Il doit dormir à l'heure qu'il est.

– Vois-tu, deux personnes se mettent ensemble et font un enfant. Alors, on n'a plus jamais le temps de quoi que ce soit. Jamais son content de sommeil. On tient le coup vaille que vaille. Et puis les choses deviennent plus faciles. Ce qui était impensable devient envisageable. On peut faire des projets à un an de distance. Au commencement, l'horizon se bornait à la fin de la semaine. Et aujourd'hui, on ne sait que trop bien ce que réserve l'avenir.

– Vous avez des problèmes, toi et papa ?

– Mon bébé, ce ne sont que des ruminations nocturnes, sûrement pas des choses à infliger à son enfant.

– S'il arrivait quelque chose, est-ce que tu te remarierais ?

– Oui, avec un gros héritier. Dis, tu n'as pas besoin de rester là à me tenir compagnie. Monte donc te coucher.

Si, j'en avais besoin. J'allai prendre un bouquin et nous veillâmes ensemble jusqu'à l'aube.

Lorsque je redescendis, en tout début d'après-midi, maman était allongée sur la galerie du levant. Elle me dit que mon père était parti du côté de la baie. Peu après, par la fenêtre de la cuisine, je vis Zina qui allait dans cette direction. Flanqué de Blackheart, je la suivis à distance. Je m'attachai à toujours laisser quelques dunes entre elle et moi, en sorte que, si jamais elle se retournait, je pusse me jeter à plat ventre. Dissimulé derrière le garage à bateaux, je la regardais qui s'était immobilisée au pied de la cale. Debout dans l'eau près de l'*Angela*, mon père la regardait aussi. Après un temps, elle se dirigea vers lui, s'arrêtant une fois comme pour rebrousser chemin. Je m'attendais à une marque d'intimité – un baiser, un contact. Mais ils se tenaient face à face, à deux pas l'un de l'autre. Il n'y avait rien d'autre en vue, personne sur la grève, aucun bateau évoluant dans la baie. Le ciel était bas et les algues exhalaient une odeur de corruption.

Tout à coup, il la gifla. Elle porta sa main à sa joue, puis en considéra la paume comme pour y chercher une trace de sang. Ensuite, chose extraordinaire, elle y déposa un baiser.

Il lui tourna le dos et elle s'en revint vers la plage. Blackheart me dépassa ventre à terre et courut jusqu'au bas de la cale. Courbé en deux, gardant le garage à bateaux dans l'alignement, je me hâtai de retourner à la maison. Mon père y arriva peu après. Il me fusilla du regard, mais ne prononça pas une parole. Ce n'était plus l'homme que je connaissais. Quoi qu'il pût faire par ailleurs, mon père ne levait jamais la main sur personne.

XV

LA FÊTE DU LABOR DAY

La fête du Labor Day tombait deux jours plus tard. Il était de tradition ce jour-là que mon père passe nos invités en bateau. Cette année-là, nous allâmes prendre Hillyer et Mr. Walton. L'*Angela* fit son entrée dans la marina aux alentours de midi. C'était une journée de grand beau temps. Pour la circonstance, Mr. Walton avait enfilé un bermuda et coiffé une casquette de marin. Il avait aux pieds des chaussures de pont et portait un petit sac de toile bleue frappé de petites ancres. Comme chaque fois, il présenta des excuses pour sa femme, la très belle Elaine, qui ne pouvait être des nôtres.

Lorsqu'on fut en eaux libres, mon père lui demanda de bénir le bateau. Mr. Walton se pencha par-dessus le plat-bord pour s'en remémorer le nom.

– Seigneur, dit-il, conserve ce fier navire, l'*Angela*, en bon état de marche, fais qu'il demeure confortable et marin. Puisse-t-il, chevauchant la houle et embrassant la brise, s'élever sans peine à la vague, arriver à bon port et être toujours avide de reprendre la mer.

Nous applaudîmes. Une forte rafale imprima un bon coup de gîte à l'*Angela*. Mr. Walton empoigna la filière à deux mains.

– Soyez sans crainte, padre, dit mon père : le Seigneur pourvoit à tout.

– Et quand Pierre fut descendu du navire, reprenait Mr. Walton, toujours solidement agrippé, il s'avança sur les eaux pour rejoindre Jésus. Mais lorsqu'il vit que le vent soufflait en tempête, il prit peur et, commençant de s'engloutir, implora le Seigneur de lui venir en aide. Le Seigneur lui tendit la main et dit : « Ô toi de peu de foi, pourquoi as-tu douté ? »

– Car la foi te maintiendra à flot. Est-ce ainsi que cela fonctionne, padre ?

– Tout à fait, fit Mr. Walton, sans toutefois cesser de se cramponner.

Mon père semblait tendu et sa bonne humeur forcée. Comme nous approchions du cap, il demanda à Hillyer s'il avait changé d'avis au sujet de l'amour.

– Pas encore, monsieur, mais j'entrevois comment cela pourrait arriver.

– Aurais-tu rencontré l'oiseau rare ?

– Oui, monsieur, en un sens.

– J'imagine qu'elle est vierge ?

– Difficile à dire, monsieur. C'est à Zina que je pense.

Hillyer avait un culot impensable. Mon père me jeta un rapide coup d'œil, puis revint à Hillyer.

– Tu penses que tu pourrais t'attacher à Zina ?

– Quelque chose comme ça, monsieur.

– Tu la trouves attirante ?

– Très attirante. Mais que diriez-vous sur la question de la virginité ?

– Là-dessus, Hillyer, tu en sais autant que moi.

– Non, monsieur, je pense que vous êtes plus à même de vous prononcer.

– Et pourquoi cela ?

– Comme vous savez, monsieur, mon expérience porte sur des sujets plus jeunes.

– Ma foi, Hillyer, je me garderai de hasarder une opinion.

– Est-ce parce que vous n'en avez pas, monsieur, ou bien par souci de bon voisinage ?

Tout cela n'était pas vraiment fait pour détendre mon père. Il voyait bien que Hillyer cherchait à l'asticoter, et il pensait que j'avais quelque chose à voir là-dedans. Il se trompait. D'ailleurs, je n'avais parlé à Hillyer ni de ce qui s'était passé au pavillon, ni de quoi que ce fût d'autre.

Au moment où nous accostâmes la cale, les Cuddihy débarquaient de l'annexe de leur propre bateau, mouillé à petite distance de la plage. Tout ce petit monde prit la direction de la maison. Melissa vint cheminer à côté de moi. Elle m'annonça qu'Ari lui avait demandé de sortir avec lui. Est-ce que cela m'ennuyait ? Je lui dis qu'Ari était un type très sympa. Et un bon poète, ajouta-t-elle. Il lui avait composé un joli poème, est-ce que je voulais le lire ? Je répondis que cela me serait peut-être un peu difficile. Je me souciais comme d'une guigne de ce qu'il y avait entre eux mais, par pure politesse, je me composai un air maussade.

Mr. Strangfeld était allé prendre les deux autres couples invités à la fête, les Kane et les Ruger, et les avait déposés à la maison. Le *Chelsea Hotel* dansait sur son ancre au-delà des rouleaux. Henry, Wilder, Jack Packard et Max Pondoro – la bande de Mrs. Mertz – et Mrs. Mertz elle-même se trouvaient avec ma mère sur la galerie du levant ; ils s'étaient mis à l'eau pour débarquer et venaient tout juste d'arriver. Il y avait également un jeune type du nom de Sandro, ami de Henry. Il était très beau, mais il y avait quelque chose qui clochait chez lui. Il était inexpressif et ne cessait de prendre des poses. Quand il vous écoutait il se plaçait de profil, quand il vous parlait il vous regardait sous le nez, bien de face. Nul ne parut remarquer cette bizarrerie, excepté mon père qui, voyant combien cela m'intriguait, me lança son grand sourire. Nous nous évitions depuis deux jours et j'eus le sentiment d'être revenu au bon vieux temps.

Voici que Zina, à laquelle maman avait demandé de faire des photos, passait d'une personne et d'un groupe à l'autre. Mr. Strangfeld se montrait toujours exubérant lors de la fête du Labor Day. C'était un grand et gros bonhomme, avec un torse en forme de barrique. Cette année-là, il était arrivé avec un T-shirt portant l'inscription « Un dollar le baiser ». Sandro s'avança, l'embrassa sur la bouche et s'en fut comme si de rien n'était. Mr. Strangfeld s'essuya les lèvres et je le vis serrer les poings. Je crus bien qu'il allait se ruer sur Sandro. Sans doute maman pensa-t-elle la même chose, car elle s'élança vers Mr. Strangfeld et l'embrassa. Cela effaça le baiser de Sandro et il se détendit. Zina avait photographié toute la scène. Ensuite, appareil en batterie, elle s'approcha de mon père. Il tourna les talons. Elle le suivit. Il se détourna de nouveau. A voir la tête qu'elle faisait, on aurait dit qu'il l'avait de nouveau giflée.

Autre tradition de la fête du Labor Day, nous composions le déjeuner à partir de ce que l'on trouvait dans la baie. L'année précédente, ç'avait été des moules. Nous en remplîmes quatre seaux, plus que nous n'en pouvions manger. Mrs. Yemm fut intoxiquée par une moule avariée. Maman, qui avait une dent contre elle, déclara par la suite en aparté qu'elle avait été punie par où elle avait péché. Certaines années, nous allions aux coques. Nous les préparions au court-bouillon et les servions avec du beurre fondu. Il n'y avait rien de meilleur. D'autres fois, nous faisions notre repas d'éperlans. Ils évoluaient en bancs à proximité du bord afin d'échapper à leurs prédateurs et, d'ordinaire, nous fournissaient en appâts pour la pêche au vif. Nous les prenions à la senne et ils finissaient en friture. Je les aimais entiers, mais il y avait toujours des gens que l'idée de manger la tête et les yeux dégoûtait ; c'est pourquoi nous les roulions dans la farine avant de les passer à la poêle, et les mangions comme des bretzels.

Afin de fausser compagnie à Zina, mon père demanda à Hillyer de l'accompagner à la pêche aux éperlans. J'étais habituellement de l'expédition ; c'était presque un rituel. Mais ce jour-là, il entendait me tenir moi aussi à l'écart.

Dès qu'il fut parti, Zina vint me trouver. Elle dit qu'elle voulait me prendre en photo et proposa que nous allions de l'autre côté de la maison, où la lumière était meilleure. Elle paraissait agitée.

– Micha, j'ai quelque chose à te demander. Seulement, il ne faut surtout pas que tu sois méchant avec moi.

– Je ne suis jamais méchant avec toi.

– Ne le deviens pas maintenant, dit-elle, joignant les mains en manière de prière. Tu es venu au pavillon dans la nuit de vendredi. Je t'ai aperçu de ma fenêtre quand tu es reparti. J'ai dit quelque chose. Qu'est-ce que c'était ?

– Tu sais très bien ce que tu as dit.

– J'étais à moitié endormie.

– Tu étais parfaitement réveillée.

– Micha, je t'en prie, dis-le-moi !

– Tu as dit : « Peter, je suis ici ».

– Et ça voulait dire quoi ?

– Qu'est-ce que tu cherches, exactement ?

– Dis-moi ce que ça voulait dire !

– Tu croyais que c'était mon père. Tu l'attendais.

– Chut, moins fort ! Micha, je vais t'apprendre une chose terrible. Je suis amoureuse de ton père.

– Je sais. Tu t'apprêtais à coucher avec lui ?

– Nous avions juste envie d'être ensemble.

– Dans ta chambre ? En pleine nuit ?

– Je ne sais pas ce qui se serait passé.

– Tu veux qu'on lui pose la question ? Viens, allons la lui poser.

– Tu vois ? Tu es méchant avec moi.

– Et toi, tu n'es pas honnête. Tu me demandes des trucs et tu ne veux rien me dire en échange. Est-ce que tu as couché avec lui ? Dis-le-moi !

– Quand on aime quelqu'un, ce n'est pas ça qui est important.

– C'est important à mes yeux. Et je suis bien certain que ça l'est pour lui.

– Micha, tu dis que tu m'aimes…

– Non. Je t'*aimais*.

– Bon, d'accord, tu m'aimais. Mais tu sais ce qu'on éprouve dans ces cas-là. J'aime ton père.

– Oui, ça, tu l'as déjà dit. Qu'est-ce qu'on fait là ? Qu'est-ce que tu veux au juste ?

– Je veux que tu m'aides. Ton père pense que tu es au courant à notre sujet.

– Je ne lui ai rien dit.

– C'est moi qui lui ai dit. J'ai commis la terrible erreur de lui raconter ce qui s'est passé l'autre nuit, et de lui dire que tu étais probablement au courant.

– Comment a-t-il réagi ?

– Il était furieux. Il m'a demandé comment j'avais pu être aussi stupide.

– Et il t'a giflée.

– Ah ? Tu nous as vus ? Oui, il m'a giflée, et maintenant il ne veut plus me parler. Est-ce que tu veux bien m'aider ?

– En quoi ?

– Il faudrait l'amener à croire que tu n'es pas au courant.

– Tu veux que j'aille le trouver et que je lui dise : « Papa, je ne sais pas que tu couches avec Zina » ?

– Mais non ! Écoute bien ; il n'est pas certain à cent pour cent, et si tu lui demandes, d'un air grave, en y mettant le ton qu'il faut : « Papa, est-ce qu'il y a quelque chose entre toi et la mère de Zina ? », il en conclura que tu n'es pas au courant.

– Et comme ça tu pourras continuer de coucher avec lui.

Son visage, d'ordinaire si serein, était tout chiffonné, comme flétri de honte.

– Tu pourrais très bien me faire chanter. C'est à ça que tu penses ?

– Comment cela ?

– Tu pourrais m'obliger à coucher avec toi. C'est ça que tu veux ?

– Non, ça n'est pas ce que je veux. Je te voulais, toi.

Elle m'étudia durant quelques secondes, puis déclara :

– Tu sais, Micha, que tu es à moitié femme… A mes yeux, c'est un compliment.

Elle s'avança pour me prendre dans ses bras.

– Tu le feras ? Pour moi ?

Je me dégageai et m'en fus retrouver les autres.

Elle retourna auprès de sa mère et de Henry. Quelques instants plus tard, celui-ci vint me prendre par le bras pour m'entraîner à l'écart.

– Micha chéri, je te dois des excuses. Si je t'ai menti, c'était pour te protéger.

– Ça n'a plus d'importance. Je ne suis plus amoureux d'elle.

– Tu en es bien sûr ?

– Tout à fait sûr.

– Si tu m'en crois, trouve-toi quelqu'un d'aussi différent de Zina que possible, et cela dans les plus brefs délais.

– D'accord, Henry. Merci du conseil.

Je remontai sur la galerie. Ce n'était pas terminé. Mrs. Mertz m'emmena à l'écart. Elle ôta ses lunettes de soleil.

– Es-tu disposé à écouter les recommandations d'une vieille peau ?

Je hochai la tête.

– Maintenant que tu sais tout, il faut que tu restes maître de toi. Tu vois ce que je veux dire ?

Je hochai de nouveau.

– Sinon, tout le monde sera perdant, toi y compris.

– Je le suis déjà.

– On ne peut pas perdre ce qu'on n'a jamais eu. En revanche, tu pourrais perdre ton père, et lui pourrait te perdre.

– Parce que ce n'est pas déjà chose faite ?

– Est-ce que ta mère soupçonne quelque chose ?

– C'est de votre côté qu'elle voit un danger.

– J'en suis flattée. Je vais te dire quelles sont les femmes qui sont dangereuses. A supposer que ton père et moi nous envoyions en l'air et qu'elle l'apprenne, ta mère passerait peut-être par-dessus. En revanche, s'il se fait prendre avec une gamine de vingt ans, là ce sera un trop gros morceau à avaler. Ta mère et moi sommes arrivées à un âge critique ; nous sommes toujours sur les rangs, mais sans trop savoir pour combien de temps encore. Il y a une grande différence entre la rivalité qui pourrait nous opposer, et celle qui l'opposerait à une toute jeune fille. Tiens-tu à ce que tes parents restent ensemble ?

– Oui.

– En ce cas, il te faut dominer tes réactions. T'en sens-tu capable ?

– Je ne sais pas.

– Veux-tu essayer ?

– Je ne sais pas.

– Ça, bien sûr, tu ne feras que ce que tu peux et veux faire.

– Entendu, je vais essayer, dis-je.

Mon père et Hillyer venaient de rentrer avec une pêche d'éperlans. Maman et je ne sais plus qui étaient en train de les préparer dans la cuisine. Soudain, sorti de nulle part, Blackheart se précipita sur Sonya, assise bien droite sur son arrière-train au milieu des invités. Manifestant une sorte de consentement, elle s'allongea sur le plancher et il se mit sur elle comme pour la couvrir. Il ne pouvait réellement s'agir d'un accouplement, car la chienne avait la queue baissée. Mr. Strangfeld lança un « *Gut gemacht, Schwarzherz !* » Tout le monde était ébahi devant la hardiesse de Blackheart. Quand enfin il se releva, il y eut un concert d'acclamations et de soupirs plaisamment outrés. Zina, qui se tenait devant moi et derrière mon père, lui toucha la main. Il la retira.

Il y avait beaucoup de choses à manger en plus des éperlans. Le déjeuner se prolongea tout l'après-midi car, comme maman le précisait chaque fois clairement, il s'agissait de la fête du Labor Day et il était par conséquent hors de question qu'elle fît à dîner. Les buveurs s'attaquèrent au vin et aux alcools. Ceux qui avaient leur maillot allèrent se baigner. Bien qu'il fît beau et chaud, un vent d'une quinzaine de nœuds soufflait du large. Tout en conversant avec maman, je vis que Zina guettait l'occasion de me prendre de nouveau à part.

– Il y a autre chose qu'il faut que je te dise, Micha. Il faut que tu comprennes que, si ton père s'en fait, c'est parce qu'il t'aime et qu'il ne veut pas que tu souffres.

– Par moments, j'ai l'impression qu'il me déteste.

– Il t'aime, Micha. Ce que tu lis sur son visage, ce sont tes propres sentiments. Tu ne vois donc pas qu'en faisant ce que je t'ai demandé, en le persuadant que tu ne sais rien, tu le soulageras d'un poids immense ?

– Pourquoi devrais-je le soulager ? Pourquoi ne chercherais-je pas d'abord à me soulager, moi ? Tu étais sérieuse quand tu parlais de coucher avec moi ?

Elle ne répondait pas.

– Oui ou non ?

– Ce n'était pas une proposition, Micha.

– J'ai décidé de te faire chanter. Alors, c'était sérieux ou pas ?

– Oui, ça l'était.

– Bon, alors, faisons-le.

– Avant que tu accomplisses ta part du marché ?

– Oui.

– Tu ne me fais pas confiance. Tu veux être payé d'abord.

– Tu acceptes ?

– Où cela ?

– Là-haut. Tout de suite.

– Micha, ça ne te ressemble pas. On ne peut pas faire ça là-haut.

– Dans le bateau, alors.

– Attendons ce soir.

– Non. Dans le bateau. Tout de suite.

– Tu es en colère.

– Je ne suis pas en colère. Et je ne suis pas à moitié femme. Alors, c'est oui ou c'est non ?

Je crus qu'elle allait refuser, tant elle mit de temps à répondre. Finalement, elle dit :

– Accorde-moi cinq minutes.

Et elle s'en fut vers le pavillon.

Deux ou trois minutes avaient passé lorsque Hillyer vint me trouver.

– Ils sont partis, dit-il.

– Qui ça ?

– Zina et ton paternel.

– Je ne crois pas.

– Comment ça, tu ne crois pas ? Tout le monde est là sauf eux.

Je l'emmenai jusqu'à la porte de la cuisine. Mon père était à l'intérieur. Il était en train de parler avec maman.

– Bon, mais où est-elle passée alors ?

– Hillyer, va donc manger un morceau.

Je n'avais pas vu Zina partir en direction de la baie, mais les cinq minutes étaient écoulées. Ma mère me lança de la cuisine :

– Michael, veux-tu m'aider à préparer les boissons ?

– Dans un petit moment, si tu veux bien, maman.

– Non, ça ira. Ton père va s'en charger.

Comme je me mettais en chemin, Blackheart arriva à fond de train de la plage. Où que j'allasse, il allait.

L'*Angela* roulait d'un bord sur l'autre. Je dis à Blackheart de rester là. Il comprit que c'était sans appel et s'assit sur la cale, en émoi, la queue agitée de petits mouvements. Il semblait me dire quelque chose comme « Dis donc, toi alors ! » et je me sentis honteux. Il y avait le désir de coucher avec Zina, mais également l'idée que, tout comme maman avait effacé le baiser de Sandro, j'effacerais peut-être de la sorte ce que mon père avait fait.

J'ouvris la porte de la cabine. Zina était couchée sur le dos, toute nue, contre le bord du cadre de la couchette. Elle avait les yeux fermés et les mains croisées sur la poitrine. On aurait dit une morte. Je restai planté là à attendre qu'elle me regarde et qu'elle dise quelque chose. Mais elle ne bougeait toujours pas. Alors, j'ôtai mon maillot de bain et m'allongeai à côté d'elle. Je posai une main sur elle. Elle la repoussa et dit :

– Faisons-le.

Je me redressai pour me placer sur elle, mais elle se positionna de sorte que nous le fîmes couchés sur le flanc. Elle garda les yeux clos du début jusqu'à la fin. Avant même d'en avoir terminé je sus que j'avais commis une terrible erreur ; toutefois, je baignais dans un tel bien-être que toute autre considération se trouvait reléguée au second plan.

Quand ce fut fini, j'attendis qu'elle parle, ne fût-ce que pour prononcer mon nom. Mais elle ne desserrait pas les dents. J'aurais voulu l'assurer de mon amour. Au lieu de cela, je lui dis que j'étais désolé. Elle aurait pu me dire que tout cela n'était pas si grave, mais elle n'en fit rien. A la fin, elle dit seulement :

– Tu vas le faire à présent, n'est-ce pas ?

Je répondis que oui.

Une partie de volley-ball avait commencé sur la plage. Zina se joignit à l'équipe de Mr. Strangfeld. Le seul signe indiquant que nous venions de passer un moment ensemble fut un coup d'œil implorant qu'elle me lança. Mrs. Mertz accrocha mon regard et leva les deux pouces vers le ciel, comme pour m'encourager dans ma résolution de maîtriser mes sentiments. Hillyer m'adressa un hochement de tête entendu, comme d'espion à espion. Il en était encore à rechercher des indices.

Quels qu'ils eussent été, je venais de réduire à néant les sentiments que Zina avait eus pour moi. J'entrai dans la mer et baissai mon short afin que l'eau salée, en circulant librement, lave et efface ma faute.

Vers les cinq heures, de gros nuages noirs arrivèrent du nord. Il y avait encore des gens qui se baignaient, et mon père leur fit signe de sortir. Quand la pluie commença de tomber et que les premiers éclairs zébrèrent le ciel, tout le monde alla s'abriter sous la galerie. Il me tardait que cette fête s'achève et que l'été prenne fin.

XVI

COMMENT ON SURMONTE LES COUPS DURS

Quand arriva sept heures, la pluie avait cessé et la fête se terminait. Le *Chelsea Hotel* avait appareillé avec ses passagers. Mr. Strangfeld avait ramené chez eux les Kane et les Ruger. Hillyer et les Cuddihy passaient la nuit à la maison. Mr. Walton enfila un pantalon en vue de la traversée de la baie. Melissa et Ari étaient du voyage. Le temps s'était rafraîchi et le vent était toujours aussi soutenu. Mon père se mit aux écoutes et moi à la barre. Mr. Walton demanda si quelqu'un connaissait un chant de marin. Papa proposa *Row, Row, Row your Boat.* A la marina, tandis qu'Ari l'aidait à gravir l'échelle du quai, Melissa me lança un regard d'une infinie tristesse. A moins que ce n'ait été un effet du jour déclinant.

Mon père m'avait évité. Durant la traversée du retour, il se mit à me poser, mais avec brusquerie, toutes sortes de questions. Comment s'étaient passées mes grandes vacances ? Ma mère avait-elle, selon moi, passé un été agréable ? Devrions-nous réinviter les Mertz l'année suivante ? Avais-je hâte de retourner à l'école ? Est-ce que je savais qui seraient mes professeurs ? Hillyer était-il réellement un tel tombeur ? Cela ne lui ressemblait pas. Mon père n'était pas le genre à aligner des banalités ni même à énoncer les choses simplement ; tout ce qu'il disait comportait un tour particulier. Il voyait bien que j'étais mal à l'aise. Je lui faisais des réponses de pure forme tout en l'observant du coin de l'œil. Lui m'étudiait encore plus attentivement. Cela non plus ne lui ressemblait pas. Il appréhendait toujours les choses en un clin d'œil, sans s'y arrêter. Ce soir-là, sous le clair de lune, il avait des airs de spectre fiévreux.

Je décidai de m'acquitter de ma part du marché et lui posai la question que m'avait soufflée Zina.

Nous naviguions maintenant en pleine mer, gouvernant au sud-est, en direction des Rochers et de l'entrée de la baie. Le vent sifflait dans les haubans, l'eau bruissait le long du bord. Il me demanda de répéter ce que je venais de dire.

– Tu parles d'une question, Michael. Elle aurait été plus appropriée venant d'un autre membre de la famille, tu ne penses pas ? Je nous croyais d'accord sur le fait qu'un gentleman ne s'ouvre jamais de ce genre de chose.

Il s'était mis à badiner, mais entendait me laisser l'impression que la réponse était oui.

– Michael, tu as tes propres idées sur le sujet. Il

convient que tu connaisses les miennes. Je ne suis pas don Juan ; les femmes ne me sont pas comme le boire et le manger. Mais elles accomplissent quelque chose d'important. Elles jalonnent le temps qui passe. Elles sont comme l'écriture pour le romancier, une victoire aux élections pour l'homme politique. Elles rendent les années mémorables, elles les empêchent de tourner à rien. Tu vois ce que je veux dire ?

– Oui. Sauf que ce dont tu parles, c'est le sexe, pas l'amour.

– Il n'y a pas réellement de distinction entre les deux. Une relation exaltante tend vers l'amour, une expérience moindre vers le sexe.

– Sur une échelle de un à dix ?

– Nous parlons de sentiments, Michael, pas d'haltérophilie. J'ai assisté à une scène amusante, ce printemps, lors d'une garden-party en ville. C'était le dimanche après-midi idéal, chaud au soleil et frais sous les ombrages. Tout le monde avait le verre à la main. Un type s'est approché de ma voisine et lui a dit : « Vous, je vous ai déjà vue quelque part. – J'ai été ta seconde femme », lui a-t-elle répondu.

– Ils avaient bu ?

– Ceci pour illustrer le fait que des épisodes importants se soldent parfois par de l'indifférence.

– Tu es en train de me parler de Mrs. Mertz ou quoi ?

– Je te parle de la vie en général, Michael. Je te parle de moi, de toi, de chacun de nous.

– De Zina et moi ?

– Oui, si tu veux.

– Tout le monde m'a expliqué comment on s'y prend pour surmonter les coups durs. Tu vas peut-être pouvoir surmonter celui-ci : cet après-midi, dans ce bateau, j'ai couché avec Zina. Il y a une tache qui le prouve sur le matelas. Va voir !

Il tourna l'écoute à un taquet du plat-bord. Puis il se leva. Je crus d'abord qu'il allait descendre dans la cabine. Puis il me sembla qu'il voulait me frapper. Il paraissait gigantesque. Je donnai un coup de barre. La bôme passa par-dessus le pont, d'abord lentement, puis avec violence. Il n'eut pas le temps d'esquiver et reçut le coup en pleine tête. Il bascula à la renverse et disparut. L'*Angela* fit une violente embardée vers les Rochers et manqua de chavirer. Laissant la barre, j'empoignai le palan d'écoute et ramenai la bôme à moi. L'*Angela*, en lofant, retrouva un peu d'assiette. Il me fallait remonter le vent pour revenir à l'endroit où il était tombé. Je virai de bord une première fois, puis une deuxième fois. Au second changement d'amures, le bateau donna contre les Rochers. L'eau commença de s'engouffrer par une brèche dans le bordage de tribord. Là-bas, parmi les crêtes d'écume, je croyais apercevoir mon père. L'instant d'après, je le perdais de vue. Du fait qu'elle était construite en bois, l'*Angela* ne coula pas. Elle flottait lourdement, plats-bords dans l'eau. Le courant l'écartait peu à peu des cailloux. D'une enjambée, je me mis à l'eau. La roche était visqueuse comme une peau de poisson. Pour corser les choses, il s'agissait des Trois-Crêtes. Je lâchai prise, me cognai le front, m'éraflai les tibias et retombai dans le ressac. Après avoir nagé sur une petite distance vers le nord, je parvins à me hisser hors de l'eau. Là-bas, inclinée sur le côté, à demi submergée, dérivant paresseusement vers le large, l'*Angela* ressemblait à un jouet brisé.

Je restai un long moment à scruter le moutonnement des flots. Perdant espoir, j'ôtai mes chaussures et partis en direction de la plage. Il me fallait franchir les Trois-Crêtes et, comme la première fois, je me mis à califourchon et progressai à la force des bras. Ce n'était pas que j'eusse peur de tomber, mais je tenais à mettre toutes les chances de mon côté pour prévenir au plus vite les gardes-côtes. Venant de la haute mer, les vagues qui brisaient faisaient pleuvoir sur moi leurs embruns. Je suppose que je pleurais. Les larmes et la mer ont le même goût.

Je courus d'une traite jusqu'à la maison. Ouvrant la porte grillagée, j'embrassai d'un seul regard maman, Zina, Mrs. Mertz, les Cuddihy et Hillyer. Je vis sur leurs visages ce qu'ils lurent sur le mien : une chose terrible venait de se produire.

Mr. Cuddihy composa le numéro des gardes-côtes et me passa l'appareil. Tout le monde fit cercle pour entendre les détails. Maman épongeait mon front ensanglanté à l'aide d'une serviette humide. Au moment où j'expliquais comment la bôme avait balayé le cockpit, je levai les yeux vers Zina. Les autres se bornaient à écouter. Mais je lus dans son regard comme elle dans le mien, et j'y vis qu'elle avait tout compris.

Lorsque j'eus communiqué tous les renseignements aux gardes-côtes, je me mis en quête de Zina. Personne ne l'avait vue sortir. J'étais certain qu'elle était partie à la recherche de mon père.

– Elle va se tuer, dit Mr. Cuddihy.

Lui, Hillyer et moi descendîmes sur la plage. Elle n'y était pas.

– Comment sais-tu qu'elle est du côté des Rochers ? me demanda Mr. Cuddihy.

– Je le sais, c'est tout, dis-je.

– Oui, elle ne peut être que là-bas, dit Hillyer.

Nous partîmes à toutes jambes dans cette direction. J'aurais dû être complètement hors d'haleine, mais je ne sentais plus mon corps.

Arrivé là-bas, je criai aux autres de m'attendre. Mr. Cuddihy protesta, mais Hillyer dit qu'ils ne feraient que compliquer les choses. Je finis par apercevoir Zina. Elle se trouvait à mi-chemin, avançant lentement, les bras en balancier. La dernière averse avait rendu la roche très glissante. Je posais précautionneusement un pied après l'autre, m'assurant chaque fois de mes appuis. Je la rejoignis et lui pris la main. Elle fit demi-tour sans opposer de résistance et nous revînmes sur nos pas. Nous parcourûmes la plage en sens inverse. Nul ne prononçait la moindre parole. Il n'y avait rien à dire.

Mrs. Mertz ramena Zina au pavillon. Mrs. Cuddihy

me banda la tête et nettoya les écorchures que je m'étais faites aux jambes. Maman était au téléphone. Les gardes-côtes lui dirent qu'ils resteraient en liaison avec leur vedette autant de temps qu'elle le souhaiterait. Nous veillâmes toute la nuit et, dès l'aube, Hillyer, Mr. Cuddihy et moi allâmes battre des heures durant les grèves des deux côtés du cap.

Tout le monde s'accorda pour nous conseiller de rentrer en ville. J'entendis Mr. Cuddihy dire à Hillyer qu'il valait mieux que maman ne fût pas là si jamais le corps était rejeté sur la plage. Dans l'après-midi, Mr. Strangfeld conduisit Zina et sa mère à la gare, puis revint nous prendre pour nous amener à notre voiture.

XVII

AUJOURD'HUI

L'hebdomadaire local parut le jeudi. Le plus gros titre était consacré à mon père. L'article ne disait pas qu'il était mort, mais que les gardes-côtes avaient cessé les recherches, ce qui revenait au même. Sa biographie tenait de la notice nécrologique. Quarante-quatre ans, né en 1924 à Neptune dans le New Jersey, diplômé de Rutgers. Rien que je ne savais déjà, à ceci près que Neptune faisait une étrange coïncidence.

On ne retrouva pas le corps, aussi n'y eut-il pas de service funèbre. Mr. Walton appela au bout d'un mois pour dire qu'il évoquerait la mémoire du disparu le dimanche suivant, et nous proposer de venir et de convier nos amis. On se donna le mot et, au jour dit, l'église des Pêcheurs-d'hommes se trouva pleine de monde.

Mr. Walton, qui aimait vraiment mon père, en parla avec chaleur et sincérité. Il dit à quel point l'homme était charmant, estimé, admiré, respecté, etc., et il tint à raconter une courte anecdote destinée à montrer combien il était généreux. Quelques années plus tôt, comme Mrs. Walton, la très belle Elaine, projetait de s'inscrire dans une école de commerce afin d'embrasser une nouvelle carrière, mon père lui avait proposé de passer deux fois par semaine à son cabinet afin qu'elle vît comment se traitaient les affaires. Je sentis maman se crisper lorsqu'elle entendit prononcer le nom de Mrs. Walton, et quand celle-ci vint, après le service, lui présenter ses condoléances, elle la remercia du bout des lèvres. Je comprenais maintenant pourquoi Mrs. Walton n'accompagnait jamais son mari à nos fêtes du Labor Day.

Mrs. Yemm eut droit au même traitement. Mrs. Mertz fut en revanche mieux reçue. Maman demeura très digne jusqu'au moment où Zina s'approcha. Alors, en elle quelque chose se rompit. Elles tombèrent dans les bras l'une de l'autre et fondirent en sanglots. Maman n'avait pas la moindre idée de ce qu'il y avait eu entre mon père et Zina ; elle l'aimait beaucoup et retrouvait en elle certains de ses propres traits de caractère.

Je n'avais pas revu Zina depuis la nuit où mon père s'était noyé. Elle me prit la main et dit qu'elle était désolée. Ce fut à peu près notre dernier échange. J'ai vraiment aimé Zina, et l'on ne peut regretter d'avoir aimé quelqu'un.

Hillyer se trouvait là en compagnie de plusieurs autres de nos condisciples. Il me fit signe par-dessus la foule. Il eût fait un bien meilleur fils pour mon père.

Question tournure d'esprit, ces deux-là étaient sur la même longueur d'onde.

Tandis que, debout au côté de ma mère, je recevais les expressions de sympathie de tous ces gens, je sentis combien nous étions sans défense, elle et moi. Mon père était celui qui connaissait le monde et ses usages, ce qui n'était le cas ni d'elle ni de moi. Dans cette église, au milieu de toutes ces présences amies, nous étions seuls.

Nous rentrâmes à pied. En chemin, elle dit qu'elle n'avait pas été la femme qu'il lui fallait, que quelqu'un de plus drôle lui aurait mieux convenu. Je lui répondis qu'elle avait été absolument parfaite.

Les Mertz mère et fille retournèrent s'installer à New York. Les autres, pour ce que j'en sais, sont toujours de ce monde, à l'exception de Mr. Cuddihy, de Mr. Strangfeld et de Blackheart. Maman et moi n'utilisâmes plus la maison du cap. Nous proposâmes à Mr. Strangfeld de venir l'habiter, ce qu'il fit jusqu'à sa mort, il y a quelques années. L'État reprit, comme prévu, possession du cap Bone et nous versa quelques indemnités pour la maison. Aujourd'hui, elle est occupée par les services de la Météorologie nationale. Les autres habitations ont été rasées.

Les années passant, j'en suis venu à comprendre que je ressemble plus à ma mère que je n'ai jamais ressemblé à mon père. Maman, Melissa et moi étions du mauvais côté de l'amour, celui où l'on peut souffrir. Mon père, Mrs. Mertz et Hillyer étaient de l'autre côté.

Zina pensait probablement être de ce même côté, mais elle se trompait.

J'ai maintenant l'âge qu'avait mon père lorsqu'il se noya. Je ne sais pas pourquoi, mais j'ai toujours l'impression d'être un enfant.

TABLE

Cet ouvrage
réalisé pour le compte des Éditions Phébus
a été mis en pages par In Folio,
reproduit et achevé d'imprimer
en avril 1998
dans les ateliers de Normandie Roto Impressions S.A.
61250 Lonrai

Dépôt légal : janvier 1998
I.S.B.N. : 2-85940-504-6
I.S.S.N. : 1157-3899